KB069264

체 게바라와 브라우니

조미희 시집

체 게바라와 브라우니

문학수첩

자서

사람은 누구나 이 땅에 태어나 첫울음을 우는 순간부터 위대한 혁명가요 시인이라고 한다.

눈부시게 쏟아지는 아침햇살이 문득 생애 최고의 선물임을 깨달았을 때,

시간이 낳은 삶이 그림자를 토해낼 때,

자기 사랑의 혁명은 시작되고 시가 찾아온다.

혁명은 꿈의 시간이며 치유의 시간이며 경건의 시간이다.

꽃을 비워낸 꽃씨가 꽃을 다시 품는 시간이다.

벨기에의 초현실주의 대가 르네 마그리트 René Magritte, 1898~1967의 〈대화의 기술 The Art of conversation〉을 보면 시선을 압도하는 거대한 돌 구조물 아래 너무나 왜소한 두 사람이 서로 대화를 하고 있다. 돌무더기가 마치 한글 자모를

풀어헤쳐 얼기설기 쌓아 올린 듯한 착각을 하는 순간 'REVE'(프랑스어로 '꿈'이라는 뜻이라 한다)라는 숨은 단어를 발견하게 된다.

해석을 거부했다는 그의 작품들은 오히려 끊임없는 해석의 실마리를 던지고 있다.

'시' 또한 이러할 것이다.

해석의 실마리를 찾아 감성의 시공을 활짝 열고 자신만의 상쾌하고 즐거운 상상 속에서 하늘도, 구름도, 바람도, 우주도 거침없이 내 안으로 들여놓으면 되는 것이다. 조금 비켜서서 보거나 비틀어 보려는 위험한 선택을 해보는 것이다. 시는 완벽한 이해를 요구하지 않는다.

'시'도 영혼과 육신의 생이 있기 때문이다.

그러므로 나의 기쁨은 시와 함께 세상을 호흡해가는 것이다.

선택받은 땅을 떠나 스스로 선택한 이국땅에서 가야 할 길이 있고 불러야 할 노래가 있는 사람들에게 삶이 주는 수수께끼는 모호하고도 극명한 현실이다.

77편의 디아스포라변주곡을 이제 그대들의 지적 선견에 맡겨드린다.

아낌없는 격려를 해주신 많은 분들 그리고 스페인어 번

역을 기쁘게 맡아주신 윤선미 교수님께 깊이 감사드린다.
한국과 아르헨티나라는 퍼즐이 서로 맞물린 문학적 교감의
새로운 기류변화를 예감한다.

언어의 경계가 희미해질수록 우리는 소통에 더 가까이
와 있다는 것이다.

특별히
사랑하는 '라파엘&까롤리나'에게 사랑과 축복을 드린다.

2014. 3. 10. 부에노스 아이레스에서

조 미 희

차 례

제2부 무지개 문명

제3부 시인에게

제4부 백 년 무늬

제1부

체 게바라와 브라우니

당신은 어느 날 문득
택배 하나를 받게 될지도 모른다
쿠바산 시가 냄새가 배어 있는 잘린 두 손과 일기장 그리고
브라우니를 든 목각인형

거울

누가 내 안에 들어와 살고 계신가

아흔아홉 계절의 꿈을 꾼다
벽화 속 여인들이 줄지어 나와 '프로이드'가 파놓은 우
물을 마신다
감정은 빼고
사람은 언제나 변할 수 있다

육즙 흠뻑 머금은 '아사도'와 김치
하얀 쌀밥과 절인 올리브가 혀끝에 감기는 정체불명의
무지갯빛 미각
보고 싶은 것만 보고 직감만을 믿는다
감정은 빼고
사람은 언제나 변하지 않는다

나는 해시계를 가졌고 너는 물시계를 가졌다
매운 양념처럼 인위적인
우연과 필연을 그냥 인연이라 믿는다

인연이 깊으면 연인이 아니신가
착각과 착시를 동시에 확인한다

내 안에 있는 너를 다 지울 수 없을 때
사랑에 빠진다

그러하여,
때로는
유리 벽 너머에 갇힌 너의 무한천공을 다 읽을 수 없어
마음이 풍풍 빠지는
너는 즐거운 나의 무덤이 아니신가
아흔아홉 개의 꼬리를 내미는 저 긴 터널을
그대라고 부른다면
쨍그랑, 생을 접기라도 할 듯 눈을 부릅뜨는
영혼도 아닌
의식의 틀에 갇힌 무의식의 환영 아니신가 그대

대평원을 달리다

달리는 풍경들이 몸 안으로 몰려오고 있어
속력을 낼수록
발등에 떨어져 고이는 시간

노란 풀꽃을 입고 겨울바람 앞에 선 들판을 지나고 있었지
꽃처럼 피어나는 소 떼들
당신은 푸른 옷자락을 펼쳐 송아지를 기르고
오랫동안 입 다문 허공을 휘휘 저어 구름을 만들고
사각으로 단단히 접혀 있던 땅에 비를 내리지

결핍의 어린 시간은 아직 자랄 줄 모르고
제 속에 감춘 소리들만 조금씩 아껴 먹으며 바람의 아들
을 낳고
오늘도 허공에 창을 내고 하늘을 바라보지

당신은 잠에서 깬 듯 구름을 갈아엎어 씨를 뿌리고
영문 모르는 새 떼들 아직 하늘에 떠 있지
찬란한 적막을 탐닉하던 붉은 노을이

나무들의 귀를 당겨
세상에는 없는 은유법으로 속삭이는 것을 보았지

잎을 다 버린 나무들의 모세혈관이
하늘에 탁본되고 있었지

그대를 위한 시

숨 막힐 듯 눈부신
환한 행간을 따라가면
방마다 불이 켜지고
시간을 감고 풀며 둥지를 트는
꼬물꼬물 젖은 날개 같은 말
그대 이마 위에
푸른 싹을 틔웠으면 합니다

활자 가득 뜨거운 숨결 여무는
푸른 우주의 책갈피였을 당신
빗방울로 몸을 닦고 제 노래를 깃털에 심었을
시인의 둥지 하나
그대 아침창가에
찬란히 내려놓았으면 합니다

그대가
다녀가신 이랑마다
한 페이지의 여명이 출렁입니다

나는 문득

그대의 마음 문을 가만히 열고

보랏빛 눈송이 펑펑 쏟아지는 그대의 하늘을 보고 싶습
니다

비로소

만물이 통째로 일어서는 해오름의 풋풋한 노래

오래오래

몸 한 권에 다 심겠습니다

알라딘의 램프

서명을 하다 이름 석 자 가만히 들여다보니
이건 알라딘의 램프

인류 최초로 이름을 얻은 아담 이래
신으로부터 우주만물의 지분을 상속받은 것 중 가장 으
뜸이다
이름은 이름하여 '이름' 이다

첫울음의 포자가
한 점 우주먼지로 날아오를 때까지
알라딘의 램프는
인류가 숨겨온 비밀의 열쇠를 내밀지만
인간의 시력으로는 볼 수도 만질 수도 없는 마력이 있어
어느 한순간 방심하거나
필요 없다고 한 며칠 서랍 속에 넣어두거나
잠시 휴가를 주어 여행을 보낼 수도 없는
간절한 염원으로 쓰다듬고 문지르고 돌볼 때에만 빛을
내는

일생의 반려혼魂이다

램프는 꿈을 꾼다
마음속 드나드는 생각의 일거수일투족
일상이 요구하는 형형색색의 소원들을 무한용량으로 끌
어당겨
부와 명예와 사랑과 화목한다

램프의 주인이
당신이라 해도 옳고
당신이 아니라 해도 옳다
'주인님, 무엇을 도와드릴까요?'
'지니'의 친절한 복종은 당신이 창조하는 대로 복종된다

그러나 욕심은 금물
주인의 명령을 애타게 기다리다 실체가 되지 못한 꿈들은
지금도 광활한 우주 한복판 자신이 만든 곤륜노의 노예
가 되어

무게 없이 떠돌고 있을 터,

알라딘의 램프는
영혼 밖의 실체
지구에 발 디딘 육체들의 구름 옷
끓임없이 진화하는 열망의 꽃

사람들은 제 각각의 램프를 들고
가문의 명예에 '이름' 이든
패가망신에 '이름' 이든
기품과 인격으로 호명되는 램프의 주인이라 우긴다
램프 속에 잠든 '지니' 를 깨워야 한다

문자에 갇히다

시간은 자주 마비된다

갓 깨어난 푸른 잎
봄, 봄, 봄……
옹알이를 품고 맴도는 것을 '너'라고 하자

뭐지?
지금 막 비켜 간 그것
저 거대한 '싱크홀' 안에 갇히지 않고는 저것으로부터
자유로워질 수 없는

뭐지?
팽창하는 우주
날개 파닥이는 따뜻한 눈물의 푸른 싹을 '너'라고 하자
그 머나먼

깜빡이는 마지막 활자를 안고
네 안에서 마비되고 있는 나는
어느 행성의 유전자가 흐르고 있지?

거울아, 거울아!

하루에도 수십 번 무릎 꿇고 용서를 구한다

용서해다오, 용서해다오
나는 결코 네가 아니다
네가 아니어서 미안하다
네가 아닌 나의 용서를 받아다오

거
　　울
　　　　아!
　　거
　　　　울
　　　　　아!

　　　　　　세상에서 누가 제일 예쁘니?

내 안에 감금된 한 사람아!

능소화

기척도 없이
허공을 열고 들어서는
따뜻한 그늘 한 자락 보았네

무색무취의 허공에도 길이 없겠느냐고
굳이 눈으로 보아야 알겠느냐고
보아라, 보아라,
나는 없는 듯 있는 길이다, 꽃이다

누구라서 저 허공의 구중궁궐을 살아보지 않았을까
누구라서 벽 없는 허공에 마음 묻어보지 않았을까

함부로 내 몸에 손대지 마라
얼음처럼 차가운 하늘 기운으로 여기까지 왔으니
기다림은 나의 노래
높은 담장을 넘어야만 지고한 사랑이라 누가 말하나
내 몸에 함부로 손대지 마라
도도한 기품으로 태양을 품고 꽃물 들었으니

함부로 손대었다간 눈먼 얼음화석이 되어
만년 유빙으로 떠다닐 터이니
영영 어둠에 갇힐 터이니

허공을 열어보면 빼곡한 꽃들의 태아
하늘 문 몇 번이나 여닫았나
무엇이 두려워
마침내 꽃에 이르지 않겠는가

깊고 깊은 예감 속으로 꽃그늘이 자라네
그녀가 그네를 타네

비로소
한 계절에 닿아
품위와 기개를 지니고 살다가
시들기 전에 떨어져 스스로 명예를 지키는 꽃
마지막 나의 순간이 이와 같기를

체 게바라와 브라우니

"난 아무것도 후회하지 않으며 나의 무덤을 향해 걸어가리라. 오
직 못다 부른 노래만을 아쉬워하리라"

– 체 게바라 어록

목덜미에 새긴 '체 게바라'의 문신을 자랑하며
여름 한낮을 반죽하는 여자

푸른 동맥이 움찔거리는 나무들 사이로
까를로스 가르델의 노래가 재생되는 거리
기억하는지? 자본주의보다 더 자본주의적인 조명 아래서
혁명보다 무서운 입맛을 가진 너

아르헨티나에서 태어나 쿠바에서 싸우고
볼리비아에서 죽어 다시 쿠바에서 잠든 라틴 아메리카
혁명의 별
오늘
시대의 일탈을 꿈꾸는 한 여인의 목덜미에 앉아
맛의 새로운 가문을 세우고 있다

오색상처의 맛에 대하여 사람들은 왜 입을 닫나?
애타게 끓어올라도 36.5도를 넘지 못하는 불꽃도 있어
울컥울컥 푸른 혁명을 꿈꾸는 여자

부엌을 장악한 게릴라들
뜨거운 브라우니를 꺼내는 여자의 손에서
체 게바라의 지문이 발견된다
노릇노릇 금박의 양탄자를 깔아도
생의 외벽에선 어쩔 수 없는 그을음이
혁명의 불멸성을 증명한다

당신은 어느 날 문득
택배 하나를 받게 될지도 모른다
쿠바산 시가 냄새가 배어 있는 잘린 두 손과 일기장 그리고
브라우니를 든 목각인형

체 게바라의 일기장에 그녀의 하루가 기록된다

그녀의 선택은

'체'의 베레모에 반짝이는 별이었으므로

여름 한낮의 목덜미에 문패가 걸린다

"Hasta la victoria siempre!"

예술의 도시

길을 버리고 나서야 길 위에 섰다
꿈에서 깰까 머리를 땅에 묻었을 뿐인데
동전 하나가 떨어졌을 것이다
활짝 웃으며 양 볼 통통하게 이글거리는
'운 뻬소' 짜리 태양의 추락
누에베 데 훌리오 노숙자들은 모자 속에 코끼리를 키운다

타고 오를 담쟁이 넝쿨도 없는
구겨진 자존과 일그러진 평화가 때론 낮달을 불러낸다
넥타이로 옭아맨 시간과 노동을 파는 대신
헐렁하고 누더기 진 큰 주머니 속에 길 잃은 새소리를 담
는다
거친 야생의 자유를 은유한다

떠나야 길이 된다
태양이 뚝뚝 떨어지는 예술의 도시
누군가 화구를 들고 어깨를 툭툭 친다면
기꺼이 화폭 속에 들어가 〈게르니카〉의 숨은 그림이 된

다 한들,
　　젖은 눈을 따라오는 낮달의 침묵
　　노숙자들의 낡은 구두 속에는 낙타가 살고 있다

　　길 중의 길은 사람들 안에 있다는 듯
　　사람이 지구의 뇌였다는 듯
　　마음이 해탈의 문고리였다는 듯
　　도시의 정물이 되었다는 듯
　　길을 향해 길 위에 누워 있는 당신

　　겹겹이 포장된 선물상자들처럼 사람들은 아름답다

가시별

살던 집과 작별하다가 베란다 틈새로 자라난 다육식물을 발견했다
우리 가족도 몰랐던 피붙이를 만난듯 새 아파트로 가져와 고사목
에 심었다
가시별이라 불러주었다

창밖에
가시별 자라고 있네
이누이트의 사라져가는 혹한의 언어처럼
가시 귀를 세우고
시린 발을 비비는

운명은 느닷없이 또는 어이없게도
타인의 기류에 의해 결정되기도 하지만

말라버린 모유
안간힘으로 제 살을 씹어 별을 기르는 고사목은 내 유리
구두, 사막,
내 발은 밤마다 달빛을 신고 북극성을 찾아가는

천 갈래 뿌리

가슴에 깃든 별, 별, 별,
사막을 등에 업고
휘황한 불빛도시에 귀를 대고 깔깔대며
우아하고, 독하고, 사랑스러운 발걸음으로
우노, 도스, 뜨레스, 꾸아뜨로……
밤을 짚어 오르며
포효하듯
숨 몰아 쉬며 허공을 출렁이는 너는 나그네

그리하여,
그러므로
지구의 등에 업혀 잠든
우주의 야생화들
모두 안녕하신지

그런 친구 하나 있었으면

그런 친구
때때로
마음 둘 곳 없을 때
말없이
어깨 처진 그림자를 다독이며 묵묵히 함께 걸어줄
그런 친구

문득
돌아오지 않을 뜨겁던 날들에게 손 흔들며
인연에 대해 골몰할 때
묻어둔 말 꺼내어
하까란다 낙화하는 11월 같은 눈부신 시를 읊어줄
그런 친구

느닷없이
생각이란 생각 다 사라지고
보이는 것과 보이지 않는 것조차 멀어질 때
잊었던 노래를 다시 불러줄

그런 친구

때로는
빈 바람처럼 지쳐 힘겨울 때
손과 손 맞잡고
'아리랑, 아리랑' 아픔도 다정해지는
그런 아리랑 같은 친구가 바로 너라면

그러면 좋겠네
너와 함께라면
헛디딘 시간에도 노둣돌을 놓고
앞서거니 뒤서거니 강물처럼 기대어
먼 길도 기쁘게 가겠네

수표 한 장

지갑 속에
아직도 숨 쉬고 있습니다.
몇 개의 국경을 넘어와 종이에 불과한 땅에서도
액면가 그대로인

몸을 허기로 돌돌 말아 완벽한 제로에 닿고 싶은 하루가
저물어갈 즈음에도
국적을 잃지 않으려고
온 힘으로 움켜쥔 모서리 닳은 동그라미들
종이 한 장의 무게가 버겁습니다.

어머니,
언제쯤 모나리자의 눈썹이 자라날까요?
동그라미의 무게에 나를 온전히 담을 수 있다면
오래도록 앓던 종이 한 장의 무게가
가벼워질까요 어머니,

마음을 괴는 버팀목 같은

종이의 국적은
아직도 사랑입니다.

낙타의 걸음으로

하루를 숨 쉬면
하루가 사라지고 있었다
아무것도 아닌 오늘이
나의 모든 것이 되어가고 있었다

사랑했지만, 그건 네 사정이고
미워했지만, 그건 지난 일이고

닳은 신발을 신고
변하지 않을 것에 마음을 기대는 것은
아직 저녁이 오지 않았기 때문

낙타를 몰고
사막의 향기를 맡는다
모래바람이 실어오는 어린 낙타의 울음
그리운 사람 하나 피었다 진다

길을 걷는 이 순간보다

길을 걷고 난 후에 환하게 바라볼 수 있기를
낙타는 걸으면서 사막과 다정해진다
평화의 이목구비가 낙타의 걸음에서 불현듯
수천의 얼굴로 목격된다

점점 그윽해지는 영혼의 속도로
실크로드는
낙타를 데려간다

신의 물방울

태양은 때로
붉은 과즙 듬뿍 찍어 가장 먼 하늘부터 그린다

멀리 계신 분께
아르헨티나 멘도사 포도주를 보내드렸더니
새해 선물로 신의 물방울보다 더 큰 선물이 어디 있냐고
답을 주신다

신은 언제 눈물을 흘리는 걸까
너의 그늘이 되어주겠다던 아버지가 신의 그늘에서
영영 돌아오지 못했을 때
그토록 아껴도 흐르던 눈물
무성한 기억 쪽으로 뻗은 눈물의 가지를 꺾어 땅에 꽂으면
신은 노여움을 풀고 손수 빚은 물방울로 잔을 채우는가

열매는 허공을 깎아 만든 꽃들의 눈물
그 눈물 땅에 떨어져 다시 익을 때
비로소 열매가 둥글어야 할 까닭 앞에 우리도 익어간다

포도 한 송이의 우주가
신이 인간을 위해 흘린 눈물의 평균 강우량이라면
그 눈물 터뜨리고, 으깨고, 익혀
루비빛 투명한 물방울로 혀끝에 고일 때
서로에게 온몸으로 그늘이 되어주는 밤하늘이겠다
그 입술 북극성에 가 닿겠다

솟대

눈을 떴을 때
꽃 피고 지던 봄이 나를 키웠네
해빙기를 맞은 몸에서는 쩌렁쩌렁 금이 가고
마른 피가 도네

헛디딤의 시간들을 물어다
둥지를 트네
꿈속에서도 뜨는 달
눈뜨고 싶지 않았네

흔들리고 지우고 버리는 일조차
눈물이 나
불꽃도 없이 활활 타는
나를 구하고 싶네

날기를 거부하는 것들은 모두 땅에 발을 묻고
땅은 하늘에서 흐르네
가끔씩 기진한 하늘이 사랑을 엎지를 때마다

뭉게구름이 이네

욕망의 껍질을 깨고
허락된 만큼의 기다림으로
흔들리려 하네
태울수록 높이 솟는 사랑을 못질하며
다시 한 마리 새가 되려 하네

우리가 끝내
백 년의 하루를 건너고 있네

시간에 세 들다

한 모금 숨을 풀어놓으며 나른함에 기대는데
가만가만 모든 집기들이 뿜어내는 숨소리를 듣는다

나선형의 대리석 계단, 벽난로, 동양 도자기, 파라과이
냔두띠,
벽마다 걸린 유화, 쿠바의 목각인형,
긴 원탁 너머로 보이는 붉은 커튼, 그 너머 수영장에 드
리운 나무 그림자
잠시 서로의 주인이 되기로 한다

태양이, 하늘이, 바람이 주체할 수 없이 끓어올라
꽃들이 붉은 가슴을 풀어헤치는 여름
팔베개를 하고 한번쯤
몸서리치게 분주하던 도시에게도 휴가를 주기로 한다
겉옷의 명함을 벗고, 일상의 앙금을 씻어내고,
하늘에 몸을 담근 채 뜨거운 햇살의 말씀을 몸에 새기며
시간의 얼룩들을 털어 말린다

잣나무 바지랑대에 높이 걸린 하늘은 자비로이 구름을
만들어내고
　벽에 걸린 야성에 굶주린 초록 고양이의 시선이 능소화
발목에 걸린다
　허공에 몸을 부풀렸을 푸른 사과와
　항구에 묶인 배 한 척의 항로와
　막다른 계단을 등지고 뒤돌아보는 여인의 뒷모습은
　비밀스러울 것 없는 이야기를 털어놓으며 그림을 완성
한다

　완벽한 허공에 갇히고 싶을 때
　닿을 수 없는 먼 곳으로 날아가고 싶을 때
　일상으로 돌아가는 길을 끊어버리고
　시간과 시간 사이에 세 들어
　한 며칠 나른한 잠을 청하는 휴식에 몸을 맡기면
　기꺼이 평온은 뜨거운 태양의 호위를 받을 것이다
　보일 듯 보일 듯 시간의 무늬를 헤집으며
　비누방울을 따라가는 어린 발자국들의 화음을 들으며

해먹에 몸을 뉘고
구름과 나무와 바람의 실루엣 속으로 나부끼는
지금은
휴가 중

꽃 도둑

행운목이 사라졌다
오랜 가뭄 끝에 내리는 소나기 반가워
집 앞에 내놓았는데 그사이
서로에게 깃들어 교감하던 결속의 지층이 허기처럼
휑하게 자국만 남았다
멀어졌다고 기억마저 피해 갈 순 없다
사소한 일상이 아득아득 등 기대어오면
잎이 휘도록 내 하루를 기록하던 행운목
이십 년 된 두꺼운 일기장을 송두리째 도둑맞았다
그러고 보니 한 번도 꽃 피우지 못했다
허탈이 방향을 잡지 못하고 먹구름을 말아 쥔다
멀어진 체온을 생각한다
예측할 수 없는 순간에 불현듯 발이 자라 달아나는 설익
은 마음에도
계절 돌아와
배란기를 맞는 꽃들의 체온에
몸을 녹이고 싶었던 거다 행운목은
나는 행운목의 꽃을 훔쳤다

소나기는 행운목을 훔쳤다
행운목은 오늘에야 나를 용서했다

달빛 수유

도시의 무영탑에 올라

달을 본다

모난 호흡을 깎아내는 망치소리

초저녁이 한순간에 깊어지고

속눈썹에 가린 두 개의 달이 보름달 위로 착륙한다

문을 열 겨를도 없이 빛이 방류되는 둥근 방

수시로 내 마음을 꺼내 갔던 당신을 만난다

달빛 수유하는 대지에 둘러앉아

겹겹 옷섶 여미는 목련

더 깊고 높은 곳을 꿈꾸며

바람을 등지고 선다

완전하게 차오른 온음표

팽팽한 현을 끌어당겨

오래 다듬어온 인연을 연주하면

뽀얀 살 위로 실핏줄을 드러내는 달

도시의 망루는 무릎이 굳은 채 경이롭고

고요에 발 딛고 선 빌딩들이 서로 잇대어

달을 물고 깊어가는 밤이다

목련꽃등 속에서 아사녀가 걸어 나온다

제2부

무지개 문명

그녀들은 또다시
칠정七情의 일곱 계단을 오르며 화장을 한다.
일곱 개의 제국이 통일되고
새로운 문명이 탄생한다.

잡았던 손을 놓을 때

잡았던 손을 놓을 때
뒷모습이 아름다운 사람은
사랑해도 좋습니다
비누풍선처럼 당신의 미소가 떠다니는 공항 카페테리아
아쉬움 한 모금씩 앞에 놓고
이별에도 메뉴가 있다는 생각을 합니다
가장 뜨거운 한때를 살아낸 해바라기였습니다 당신은
욕심 없는 색으로 옷을 지어 입고
형편대로 모양대로 상황대로 다소곳한
자연의 한 조각이었습니다
억눌린 이들의 고임돌이었습니다
입가에는 미소가 밤낮없이 상현달로 뜨고
함께 있음만으로도
수천의 영혼들이 쉼을 얻고 간
알바레스의 이 병동과 저 병동, '기따라'기타와 '마떼'
착한 밥을 떠먹이던 저녁은 짧았고
고통을 나누던 가슴은 깊었습니다
바람을 밟고 다니던 신발은 늘 닳아 있어 가벼웠고

태양을 이고 다니느라 머리카락은 숨겨야 했습니다
붙박임을 자랑하지 않는 꽃씨처럼
발걸음만 거두어 떠나는
십여 년
문명의 오지를 꽃피운 시간들이
환한 미소 속에서 다시 꽃으로 핍니다

사랑의 파문은 끝없고
따뜻했습니다

어떤 기다림

- YSBA에서 M 시장을 기다리며

화려한 이름들이 자라는 저녁
기다림을 맺고 푸는 사람들의 발걸음은
신문기사의 배경이 되기에 충분하다
시간은 재빠르게 제 공명 속으로 그림자를 구겨 넣고
비상구는 언제나 노출되어 있다
우리에겐
혹독한 폭풍우와 빙하기를 견뎌낸 명품 바이올린이 필요
했으므로
활을 켤 때마다 한반도의 지문을 확인할
닻줄이 필요했으므로
닻줄 대신 탯줄이면 더욱 좋겠다
허공에 놓인 길을 끌어당기며
인광처럼 빛을 발하는 원색의 물감들이
숱한 말을 쏟아놓을 듯
벽을 붙들고 있다
사각의 단정한 혼은
이방의 기슭에 잇대어 살아온
'동해물과 백두산' 이 길러낸 살점들이다

몇만 년 육체가 정박할 항구는 아닐 것이나
너무 오랫동안 기다림과 놀았다
열쇠뭉치처럼 들고 다니던 시간이 가벼워졌다
벽에 걸린 어린 피노키오들에게 낙타의 무릎을 보여주고
싶은
비구니 승의 합장과
남루와 무지의 소굴에서 스스로 횃불로 타는
마음 가난한 수녀의 'fiat'이 자비로이
육체를 이탈한 빗방울을 매달고 서로에게 삼투압되는
저쪽
환하다
등 떠밀려 들어서는 이국의 태양
그러나
기다림은 또 다른 기다림의 문고리를 건넨다
대대손손 건국의 신화를 다시 써내려 갈 내 아들의 아들
들에게
부에노스 아이레스는
환웅이 발 디딘
'신단수'일 터,

반딧불이

반딧불이를 보았습니다
날아다니는 별을 보았습니다

별을 품고 몸을 낮춘 여름 밤
잘 구워진 빵처럼 노릇한 반달이
누군가에게 반쪽을 떼어주고 지금 막 도착한 듯
우리의 저녁상을 내려다보고 있습니다

'아사도'를 접시 위에 올려놓고
헛된 고백 같은 비곗덩어리와
너무 타버린 열정을 잘라내는데
아버지가 말씀하십니다
"달 주위를 가만히 보렴. 별 하나가 유난히 반짝이다가
사라진단다"

식탁 위에 반짝이던 다섯 쌍의 반딧불이들이
별을 기다리며,
반쪽 달의 길을 닦으며,
아버지의 말씀 한 점씩 썰어 먹는 밤이었습니다

무지개 문명

운무로 가려진 그녀들의 계단은
종달새 둥지로 이어져 있었다.
검고 찰진 머리카락을 하나씩 뽑아 서로의 신분을 확인
한다.
향기가 섞이지 않도록 그만큼의 거리에서
서로의 마음을 조각하고 그 조각들을 하나씩 끼워 맞추면
태양의 신전이 완성된다.
그녀들의 공중도시는
열대 우림의 울창한 정글 너머로 보이는 설산의 신비.
전사들은 더 용감해지기 위해 태양의 머리에 왕관을 씌
우고
무지개로 울타리를 친다.
못 올라갈 나무들이 고개를 떨어뜨린다.
자기 함정에 발목이 묶인 무지개는 제풀에 지치도록 몸
을 태우고
수평선으로 던져진다.
그녀들은 또다시
칠정七情의 일곱 계단을 오르며 화장을 한다.

일곱 개의 제국이 통일되고
새로운 문명이 탄생한다
수신용 행성을 띄우고 무지개를 묶어둘 제단을 만들고
한 달에 한 번 축제를 연다.
그녀들의 거울 속에는 끊임없이 가보지 않은 새 길이 있고
반응하는 자와 행동하는 자가
그녀들의 문명을 밀고 간다.
무지개가 주입된다.
이제 나의 질문은 지상에서 사라진 언어가 되고
해답을 채워 넣을 문명은
아직 오지 않았다

꼰그레소로 가는 길

아껴둔 마음의 풍경을 안고
나는 흐른다
달의 차가운 심장에서 떨어지는
비의 유전자
푹푹 발이 빠지는 유리 벽
흔들리는 핸들
침묵 곱하기
겨울밤 나누기
오, 저 불빛들의 수다
눈은
귀는
마음은
스스로 길들여지는 것을 거부하면서 스스로 길들여진다
그것은 공존
거부는 곧 이탈, 도피
그리고 눈부신 자유
아침은 언제나 어김없이 온다
나는 다시 흔들림 없이 흐른다

바람은 몸을 바꾸어 비를 만들어내고
불빛이 돌아온다
빛의 무늬를 따라 기억 같은 어스름을 밟고 달리는
한번은 가본 듯한 따뜻한 거리
밤은 어둠을 안고 잠들고
잠들지 못한 거리는 다시 흐른다

블루 오션

이삿짐을 싸다가
하마터면
깨뜨릴 뻔했다
찰나의 위기를 모면한 병 하나
색동 바지저고리 입히고 싶다
아들이 이삿짐에 한사코 챙겨 넣던
작고 깜찍한 콜라 병 하나
꼬까, 끼오스꼬, 신꾸엔따 센따보……
다섯 살 어린 아들
낯선 땅에 발 디딘 지 한 달 만에 처음 말문이 열리던 날
혼자 힘으로 구입한 첫 거래의 전리품
달고 시원한 액체가 목젖을 지나 미지의 세계로 시추작
업을 한 지
이십여 년 전
홀로 선 아들이 자신에게 수여한 트로피다
시대의 흐름과 욕망을 담은 대형 페트병이
식탁 위를 걸어 다니는 오늘
하마터면 깨뜨릴 뻔했다

아들의

　　숭

　　　례

　　　　문

내 앞의 그녀

강물을 딛고 흐르는 요트들의 행렬이
그녀의 얇은 쇄골 뼈를 통과하고 있다
바다를 건너 온 그녀가
'바다 같은 강' 이라고
풋풋하고 탄력 있는 모국어를 풀어헤쳐
문장을 완성한다
같은 태양에 발을 적셔도 저마다 다른 온도로 익어가는
초여름
풀밭에 누워 살빛 그을리는
덜 굽힌 사람과 너무 익은 사람
흰둥이 한 마리
제 그림자 물고 뛰어 놀고
창문으로 풍경화 한 폭 걸어 들어와
목을 축인다
시린 눈을 뜨는 하늘가
그대 있는 자리에서 견인되어 온 구름 몇 장
출렁이고
'리오 데 라 쁠라따'에서

우리가 만나고 헤어져야 할 일이 아직 남았다면
그냥 선 채로 흐르자
강의 경계를 넘는 물밑 소용돌이 모른 체하자
은빛 강물 다 길어 올려도 채워지지 않는 우리는
마주 보고도 너무 먼 강
파인애플 과즙이 그녀의 목으로 사라지고 있었다

따뜻한 표류

창문은 게으른 눈을 뜨고
사람과 사람 사이의 생략된 문장부호를 찾아
낯선 목마름으로
저녁의 한 장면을 만지작거립니다
'라그리마'를 주문합니다
잘 맞물린 벽돌처럼 마음이 꼭 맞는 사람과 마주 앉아
한 줄기의 적막을 들여놓고
시선 밖에 서성이던 나를 불러들여
오래 그리웠다고 자리를 내어줍니다
등 기댄 시간의 울림으로
하늘에는 흰 피가 돌고
태동하는 봄을 나누어 마시며
더 길어진 해를 바라보는 것은
인연의 숲이 깊다는 것입니다
보세요
상처받지 않으려 자생을 멈추지 않는 가시들 고개 숙이고
초저녁 반달이 입덧을 시작했습니다
때로 누군가의 한 방울 눈물이고 싶을 때

망설임 없이 따뜻한 눈물이고 싶을 때
우리는 서로에게 겹자음처럼 새겨지는
사랑의 혈족이 분명합니다
오늘 일용할 양식의 마지막 한 방울은
'라그리마' 군요
따뜻한 표류였어요

아리아 '부에노스 아이레스'

그가 말했다
저 새가 '꼬레아~' '꼬레아~'
하고 운다고
그리운 것은 언제나 첫울음 울던 곳에 둥지를 튼다

그녀가 말했다
저 새가 'mal~' 'mal~' 하고 운다고
그 새를 훠이 훠이 쫓아 보내느라 몇 번의 계절이 가고

또다시
그가 그녀에게 말한다
저 새가 오늘
'Bien~' 'Bien~'
'Todo Bien!' 'Todo Bien!' 하고 운다고

바벨에서 온 그 새
순회공연 중이다

안녕 사막

– 사막에 버려진 캔(사진작품)

안녕, 사막

알 바 없는 너의 갈증을 외면하고 싶었지만

선택은 선택을 부르고

안녕, 사막

가끔 땅은 기침을 하며 나를 내뱉곤 하지

엎질러진 태양의 잔해를 앓고 있는

사막에 남겨진 이빨자국

우직 몸을 꺾어 거품을 뺀

이런 날이 올 줄 알았지

함부로 탕진해버린 햇살과 바람과 물과 사랑의 말씀들

결심한 듯 벌컥벌컥 내 푸르름을 탐하던

도시를 활보하고 돌아온 황사

모래안개 속 사막은 아직 풋내가 나

단물 다 빠져나가 쪼그라진 '욕망의 마지막 고해'라고?

천만에, 나는 지금

높이 솟은 구리 뱀이 된 거야

안녕, 사막

너는 뿌리내릴 수 없는 사막의 뼈

누군가 이 견고한 중심에 송신탑을 세우고
비밀번호로 잠긴 모래알들을 깨워 누각을 짓고 있어
하지만 눈을 떠봐
점점 좁아지는 막다른 골목의 끝엔 언제나
솟아날 그 무엇이 있지
안녕, 사막
괜찮아,
괜찮아,
내가 너의 사막이 되어줄게

목어의 비늘

허물 벗는 어제와 오늘
봉지 하나 가득 쓰레기를 버린다
복원 불가능의 기록들이다 이 무게
아이의 키보다 높은 수거함이 동네 어귀마다 놓이게 되
었을 때
도시의 퇴화된 비늘들은 긴장하기 시작했다
거대한 수거함은
마지막 남은 한 술의 밥을 삼키는 지상의 까치밥
보떼로의 마차가 성근 그물로 대어를 낚고 지나간 후
손수레에 매달린 아이는 제 몸이 그물이 되어 빈 병들을
건져 올리고
모찔레로의 눈은 가난과 부끄러움 사이를 곁눈질한다
도시의 말초신경까지 피돌기를 하는 소리 없는 질서가
땅거미 진다
수거함은 규격 밖의 목어가 자라는 양식장
도시의 저린 발가락마다
남은 햇살 흥건히 고이고
향기가 아닌 향기를 부둥켜안는 저 힘은

가슴 다 파내어준 목어인 까닭이다

거대한 소문처럼 구름 한 장의 뚜껑이 열렸다 닫히는 수
거함은

퍼낼수록 고이는 샘물

지금도 에바*는 가난의 안과 밖에서 분주한지

비워낼 것이 있다는 건 살아 있다는 것

더 버릴 것이 없느냐고 나는 지금 재촉 당하고 있다

* 에바 뻬론: 제29대 아르헨티나 대통령 후안 뻬론의 부인. '에비타' 라고도 불린다.

나는 아빠다

한글학교에 다니는 아이가 문득
식탁 위에 놓인 '소주'를 읽더라는 어느 아빠는
꼬물꼬물 뿌리를 뻗는
무한궤도의 무지개를 발견한 것
바람에 넘어가는 책장처럼
쉽게 줄지어 사라지는 말들 중에
'반짝'
생의 한 소절에 뛰어들어
귓속을 공구르는 종소리가 되는 말
'소주'
참 맑았겠다
세종대왕이 술잔을 비우고 갔겠다
철판 위의 고기가 자음 모음으로 몸을 뒤척이는 동안
젓가락 달그락거리는 가족들 웃음소리 정겨웠겠다
아이의 뒤에서 또는 앞에서
이제와 항상
흐르고 스미는 강이 되어주겠다는
약속의 띠를 두른 날이었겠다

욱신거리던 사랑니 하나가 제자리를 찾는
동그란 말의 근원
'말이 씨' 가 되어
진한 혈통의 발원에 뿌리를 내리면
보이는 것만을 땅이라 부르지 말자
물이 포도주가 되는 교감의 밀도는 얼마였을까
마실 수밖에 없었던 아버지의 잔
'소주'
막힌 속이 확 뚫리는
순우리말

단풍

입술을 깨물며 피 흘리는 오후다
아무것도 모르는 너

잎이 내게로 왔다
오늘 하루만 더
뜨거운 태양을 마시면
너의 체온과 꼭 맞는 온도가 될 것이다

나무가 바람에게 서명을 받고
잎 하나를 내어준다

푸른 하늘에 갇힌 붉은 입술들이
마침내 주술에서 풀려 땅으로 떨어진다

에바를 찾아

– 레꼴레따에서

지상의 헛된 집이라 누가 말합니다
한 마리 고양이
무덤가에 앉아
조문객들의 발자국을 세며 졸고 있습니다
구름 한 장 덮고도 넉넉했던 어제는
따뜻했습니다
에바를 찾아
젊은 '에바' 들이 몰려옵니다
아!
에바의 기도를 들어줄 에바는
이미 떠난 지 오랩니다

취급주의

"왜 반말이세요 나도 마흔이 넘었는데……"
한 여인이 마흔의 문턱을 갓 넘다가 말부리에 걸려 넘어
지고 있다
불혹은 반말과 온 말의 유혹에 약하다
마음은 가끔
자폭력을 지닌
쉽게 깨어지고 깊이 박히는 파편
뾰족한 말은 깨어진 징소리를 내며
스스로 자기 몸을 공격하는 고엽제 증후군에 시달린다

금 가지 않는 생기발랄한 말의 온도는 몇 도일까?
체중미달의 말을 인큐베이터에 넣어 보살피면
저체온의 세포들도 포동포동 살 오를 것인가

노천 카페에 앉아
'고흐'의 하루를 만나고 있는데
회전목마를 탄 그녀의 불혹이 커피 잔을 맴돌고 있다
어찌하나

그녀의 말을 엿들은 죄!

천사는 언제나 날개를 숨기고 나타난다
청바지가 잘 어울리는 금발의 치까*
내가 찾던 바로
그 낱말을 입고 지나간다

가슴엔
'Fragile'
등 뒤엔
'Hendle with care'

* 치까(chica): '젊은 여성'이란 뜻의 애칭.

일요일

하늘과 나
손과 손을 잡고 있다는 느낌
구름 한 점 없는 일요일 아침
하늘을 열고 닫는 법을 익히지 못한 내 키는
아직도 길 위에서 자라고 있다

띠빠arbol de tipa 나무 가로수
오늘은 하늘이 몇 뼘이나 자랐나 손가락을 펴보다가
한 무리 날아간 새 떼들의 발자국을 세다가
바람의 목덜미 위로 노란 꽃가루를 뿌리다가
문득
아름다워지는 시간

꽃들의 문은
열어도 닫아도 바깥
문고리는 언제나 내 안에 있고

나는 여섯 개의 긴 더듬이를 가진 요일을 도시로 방목하고
일곱 번째 꽃잎에서 기다린다

시크릿 마떼

기다림 근처에 와서
'봄비샤'를 꽂고
'마떼'를 마실 때
닫혀 있던 커튼이 달빛 쪽으로 열린다

뜨거운 물을 부으면 뽀그르르 숨을 쉬는
'마떼'의 전설을 들려줄까

오랜 옛날 신들이 땅을 산책할 때
달과 구름은 여인의 모습을 입고 숲을 거닐었지
푸른빛 실루엣 하늘거리는
별 왕관을 쓴 밤의 여왕 '샤씨yasí',
분홍빛 구름 옷을 입은 '아라이Araí'가 호위를 했는데
한 과라니Guaraní 인디오 사냥꾼이
호랑이의 위협에서 그녀들을 구했지

홀연히 인간의 곁을 거니는 신들은 알지
인간은 꿈을 꾼다는 걸

밤의 여왕 '샤씨'는 달빛을 열고 말했지
"생명을 위해 목숨을 던진 너의 화살은 복을 누리리라
이곳에 나무 하나가 자라날 것이니
네 아들의 아들들이 대대로 마셔도 마르지 않을
양식이 될 것이다"
꿈에서 깨어난 인디오는 달빛에 반짝이는 '제르바 마떼
Yerba Mate'를 보았는데
그때부터 과라니 인디오들은 이 나무를 '까아Caá라고 불
렀지
달과 인간이 나눈 최초의 우정협약이었지

쓴맛의 비밀을 품은
달의 옷자락이라 불러줄게
파닥이는 잎들이 서로 입김을 섞는 기다림 근처엔
'마떼'가 있지
'Queres Mate?

제3부
시인에게

시인은
마지막 한마디를 남기지 못해 죽어서도 이름을 묻지 못한다
죽어서도 산 자에게 영혼을 빌려준다
시인은
지상에서 가장 아름다운 말의 도둑이며
가장 혹독한 계절이며
스스로를 찔러 다시 사는 사시사철 눈부신 가시나무다

허공은 나의 힘

먹구름을 손톱으로 뜯다가
피멍이 들었는지
막다른 눈길로 애타게 바라보는 오작교인지
황금물결 같기도 하고
독을 품은 붉은 싸리버섯 같기도 한
시간과 시간 사이를 지탱하고 있는 모호한 허공의 형상
에 등 떠밀려

날아가고 없는 새 떼들의 온기를 더듬는 아침 안개는
다산의 정원
한 줌 흩뿌려놓은 시간 위로 구름이 내려와 흐르고
이렇듯 장엄한 시간에
와르르 무너질 듯 위태로운 허공

푸른 이파리들의 하루를 무엇이라고 하나
침묵하는 너의 방엔 여러 개의 허공이 있고 온기로 떠도
는 창이 있고

생명의 무늬를 볼 수 있다면
가시적 공간을 허락하지 않고 기류 밖의 기류와 타협하는
허공은 나의 힘
허공은 허공의 깊은 내공으로 날마다 허공에 해를 그려
넣고

눈치 빠른 햇살들
허공의 끝이 내게로 닿아 있다

모호한 대화

– 루빈의 잔

함부로 흘러 넘치는 우리
느낌은 상상이 불러낸 오해
널 토마토라고 부를지 망고라고 부를지 맞춰봐

상향곡선을 긋는 햇살
얼굴과 얼굴이 마주 보며 꽃병을 빚고 잔을 빚는 동안
산도 없는 첩첩산중 넘쳐흐르는 양떼구름
보이는 만큼 제 무늬가 되는
눈은
믿을 수 없는 편견의 함정

지구는 밑 빠진 항아리를 어디에 숨기고 있을까?

구름 속에 꺼내놓는 수려한 무지개와 해후하듯
파닥이는 은빛 공감을 찾아
물음표로 채워진 한 페이지의 하루를 들고
함부로 흘러넘치는 우리는

폭우

사람들이 환호하는 것은
당신을 좋아해서가 아니라 필요해서입니다.

빗발치는 당신의 거친 말씀이
옷을 적시고 종내 마음까지 싸늘히 적시지만
손에 든 우산을 끝내 펼치지 않는 것은
묵묵히 선 채로 고개 끄덕이는 젖은 나무들의 조언 때문
입니다.

별나라를 잃고
안타까울 만큼 정직한 당신은
빛나는 칼날을 허공에 휘두르며
넝마처럼 내동댕이쳐진 진실을 외면하고 끝내
소통을 외치는 땅의 비명을 듣지 못합니다.

당신 곁을 떠난 사람들 다시 돌아오겠지만
사람들은 당신을 좋아해서가 아니라 당신이 필요하기 때
문입니다.

점점 좁아지는 당신의 어깨가 어둑해집니다.

문득 찾아온 깨달음같이 당신은
깊어진 마음 어디쯤을 꺼내 들고
예정된 일기예보처럼 하늘에 폭죽을 터뜨리며 달려오겠
지요.
그때에도 내가 할 말은
사람들은 당신을 좋아해서가 아니라 필요하기 때문입니다.

당신 안에서 꼿꼿이 죽어간 당신은
지금
강이 되었는지요.

새해에는

서서히 끓어오르는 빛의 체온을
대지 위에 풀어놓는
새해 새 아침의 둥근 해처럼
온몸을 열고
함박웃음으로
새해의 첫 순간을 맞이하자

새해에는
피 끓는 뜨거운 나이를 두 손으로 공손히 받쳐 들고
함께한 날들에게 따뜻한 입맞춤을 하자
새해 아침 새로 받은
빛나고 푸른 날들에게도 눈부신 순백의 깃발을 꽂아주고
겸손히
새해의 정답을 찾아 나서자

새해에는
못다 채워진 가슴에도
엄지손가락 높이 세우며 새해 인사를 하고

오늘 그대의 모습이 지상의 가장 아름다운 풍경이라고
힘주어 말하자

새해 아침은
여벌 없는 생의 시간으로 짠 그대 선하고 사소한 일상으로
지구가 푸르게 푸르게 출렁이고
새해 아침은
두 번은 없는 절호의 기회를 어서 받으라고
신의 맥박이 그대에게로 흐른다

오! 찬란한,
하늘 아래 우리가

이 아침
새 마음 새 뜻으로
무언가는 하늘에 새기고
무언가는 가슴에 새기며
겸허히

이마를 내밀고 태양의 서명을 기다리는 아침이다
첫 단추가 반짝이는 아침이다

흙

살을 부풀리며 흙의 젖무덤을 밀어 올리던 단단한 기억

급히 삼킨 고구마
목에 딱 걸려 마른 딸꾹질을 한다
내 안이 타국인 줄도 모르고
고구마 꽃들 환한 꽃망울을 터뜨린다

나는 복제된 흙의 과거였을 것이다
그러기에 철마다 채소도 열매도 찾아들고
그러기에 천 갈래 만 갈래 온몸 굽이굽이 붉은 강물 흐르고
그러기에 땀 섞고 빗물 고인 생의 뒤척임으로
그러기에 제 살 속에 집을 짓고 제 살 먹여 생명을 기르는
우주의 뭇 별도 다 먹여 살리고 남을 신세계였을 것이다

화들짝 얼굴 붉어져 꽃을 피웠겠다 나의 옥토 딸꾹,
벙그는 꽃들이 시키는 대로 딸꾹,
저들만의 축제를 열었겠다 딸꾹,

아직은 무탈한 내가

지구의 의.식.주가 되고 싶다면

누가 제일 먼저 딸꾹질하려나

별 보고서

손금 속에는
흐르지 않는 시간이 산다.
산란을 꿈꾸는 별들이 더 깊은 어둠을 수혈받아
밤을 건너고

지금 나는 처음 만난 나에게로 돌아가는 중이었는데

때도 없이 들어왔다 날아가는 생각
막무가내 순서 없이 끓어오르는 생각
이 문을 닫고 나면 저 문으로 들어오는 생각
가만가만 숨죽이고 들여다보면
내 것인 줄 알았던
나에 관한 신의 주파수
별에 관한 나의 오해

별일 없는지
별 탈 없는지
별것도 아닌 일에 별의별 생각 다 하면서

별다른 특별한 관심으로
별 하나를 바라보고 있는 것이다
별의별 일이 다 있는 별에서
별인 내가
지금 어디로 흐르고 있는가

주파수를 감지한 생각들이 별 하나를 향해 흐르고 있다
밤하늘의 거대한 구유에서 아기예수들이 탄생한다
지금 나는 신이 흘려놓은 궤적을 따라
처음 만난 나에게로 돌아가는 중이다

별은
둥근 성체를 손금 위에 내려놓고 시간의 터널을 빠져나
간다

숲을 기르는 새

비둘기는 저들의 몸으로 숲을 이룬다
콘크리트 벽 너머 사각 지붕 위
비둘기 한 쌍 날개를 다듬는데
어느 생엔가
내 몸에서 빠져나온 그림자일 것이라는 생각

태양의 뜨거운 시선에 갇힌 한낮
제 몸의 숲을 열어
한 무리의 새 떼를 불러 모은다

위경련을 앓는 지구의 눈물과
성난 해일과
방사능의 공포
감지되지 않는 인간의 불목을 등에 업고
지상의 거대한 평화에 갇히고 싶은 것이다

허공을 괴어 무중력의 둥지를 틀고
새의 몸으로 앉아본다

나무 하나 없는 숲

숲이 되지 못한 나무 한 그루의 생이 환히 보인다

축복

참
눈부시지 않니?
하루에 한 번 눈 감았다 뜨는 하늘

참
다행이지 않니?
내 안에도 수많은 가닥의 길이 있다는 것
길을 잃을수록 곧은길이 생겨난다는 것

참
놀랍지 않니?
불려질 이름 있어
너의 선택이 되었다는 것

용서

책 한 권을 펼쳐놓고 며칠 밤을 새워도
단 한 줄도 이해하지 못했다
가장 난이도가 높은 페이지
활자들이 무딘 시력을 용서할 수 없다는 듯
헛디딘 발처럼 깊은 수렁이다
마음에서 베어낸다는 것
엉킨 매듭의 끝을 놓아버린다는 것
아린 통증과 입 맞추며 생살 한 점 찢어준다는 것
뿌리째 뽑힐 수도 있으나
흔들리며 흔들리며
마른 잎을 떨어내는 나목으로 선다는 것
그러나 보아라
시퍼렇게 분노하던 못 자리는 비어 있고
가시는 다 뽑아낼 필요가 없다는 것을
상처가 지나간 자리는 모두
내가 사랑한 자리다

꽃그늘 아래

– 벚꽃 만개한 사진 한 장 삼라만상의 얼굴이 다 꽃으로 핀다

꽃잎 하나에 뚝뚝 잘려나가는 사월이다
봄볕으로 끓여낸
꽃 수제비 한 그릇의 부력으로
사랑에 대해 꽃의 허기에 대해
완벽하게 답할 수 있는 길을 찾아 나서보라
먼 데서 온 그렁그렁한 시선을 품고
말도 닫고 글도 놓고 한 사흘 눈감고
뎅기열을 앓는 생명들의 팔베개가 되어보라
아무도 귀 기울이지 않는 깊은 허기를 우려낼
어떤 슬픔도 남겨두지 말고
꽃잎으로 반죽한 맛깔스런 꽃 수제비 한 그릇
후루룩 들이켜보라
얼어붙고 얽힌 사랑이라든가 미움이라든가
온갖 장애의 사슬이 꽃잎 하나에
뚝뚝 잘려나가는 것이다
헛헛한 가슴과 가슴 사이
사월은 펄펄 끓는 가마솥이다

아름다운 변명

바라본다는 것은
보이지 않는 것에 대한
아름다운 변명

햇살 몸 푸는 창가에서
어제 품지 못한
오늘이 된 시간들이 진화를 꿈꾸고 있다
입 안에서 맴도는
원죄 없는 말의 씨앗들

날개도 없이 비행하는
시간의 속성
지는 하늘 한 자락 놓지 않으려 안간힘으로 버티다가
문득
누군가의 성혈이 내 몸을 훑고 지나간다

껍질을 깨고 나오는 모든 것들은
사라져가는 것들의 위대한 반전이다

보고 싶다는 것은
이미 보았다는 것을 기억하지 못하는 것
하늘은 뒷모습을 보이지 않고
나무는 뒷모습이 없다
우리는
돌아볼 무엇을 위해 또 길을 가야만 한다

가을은 O형의 피가 흐른다

밤새 속 비우고
병원에서 채혈을 하고 돌아오는 길
신호등에 걸려 바라본
밑동에서 두 갈래로 서로 꼭 껴안은 채 서 있는
은행나무
비 갠 아침햇살의 애무가 눈부시다

초록 넘실대며 휘몰이 장단으로 치닫던 잎들이
노란 수혈을 받고 있다
햇살들
가장 먼 잎까지 가서 한번 꼭 안아주고
나무들
허물을 벗고 다시 알몸의 허물에 갇히고 있다
찬바람이 마른 길을 다독이며 골똘히 흐르고
시간은 시간의 혈류로 시시각각 흐른다
나무는 나무끼리
따뜻한 피가 도는 아침
노란 잎들을 말아 쥐고 가을 혈관 속으로

길은 흐르고 있다

택시 기사에게 수혈되는 지폐 한 장
가을은 O형의 피가 흐른다

물의 기원

뜨겁게 달아오른 우레가
끝내 삼키지 못한
물의 기둥
한여름의 먼 경계를 넘어온
비의 응석을 다독여 품는다
물의 향기 한 가닥 지나간다
닿는 곳마다 길이 되는
집요한 물방울들의 행렬은
미궁의 깊이를 지닌 모든 간격들을 긴장시킨다
이런 날은 별들도 물의 몸으로 쏟아져내려
밤의 어깨를 흔들어놓는다
명멸의 둥근 숨소리가 안으로 안으로 흘러들어
밤새 살이 오르는 빗줄기
꽃처럼 피는 물안개
물의 태중에서 나와
물의 지팡이를 짚고
맑고 청아한 무소유의 아침을 맞으러 간다

자정의 푸른 손

창밖을 부유하는 젖은 가지 위로
봄밤은 푸른 육체를 내려놓는다
문턱을 넘는
밤의 지퍼를 열면
어느 시인의 속 깊은 울음이 지상으로 내려와
뿌리 잘 내린 나무 한 그루 붓 삼아
일필휘지 단숨에 써내려 가는 문장들
허공 어디쯤 헛디딘 자음이 궤도를 찾아들고
겉돌던 문장부호가 모음의 품에 깃들어 생기 발랄한

취한 듯 아름다운 몰입으로
지상의 굳은 근육을 풀어주는 앙증스런 새순들
오래고 깊은 푸른 힘의 실체를 엿보려는 불빛들의 눈초
리가 다정하다
일찌감치 전기 톱에 잘려나간 가지들은 지금
어느 도심 밖의 행성이 되었는지
해묵은 밑동 하나 여백처럼 묵묵히
푸른 먹을 갈고 있다

익숙하나 때로 낯선 이 유목의 땅에
무엇이 너를 끈질긴 부력으로 떠오르게 하는지
봄밤의 방명록에는
소통부재의 명단이 빼곡하다

꽃씨

분꽃에게 물었습니다
스치는 바람의 여운만으로도
문고리를 달그락거리는 까닭 있는지

바람인 듯했습니다 그 목소리
토닥토닥 앞가슴 두드리며
그래, 그래 잘했다 내가 나를 꼭 껴안아주는
그런 날도 있었다고
그런 날도 잊지 않았다고

당신이 입 맞춘 꽃송이는
어디에 숨겼는지
끝내 모른다 자물쇠를 채우는 꽃씨

그래 봤자지.
씨는 못 속여!
넌 분꽃일 뿐이야!

시인에게

시인은
가장 아름다운 말은 깊이 숨겨둔다
빛나고 눈부신 말은 너무나 치명적이기 때문이다
시인은
가시 발라낸 장미의 여린 살을 어루만져
말의 정수리에 화관을 씌운다
걸어서 길이 된 시간으로 행간을 만들고
불멸의 비상으로 스스로를 불사르는
피할 수 없는 화인火印을
홀로 감내하기를 기꺼이 한다
시인은
말을 깎아 우주의 빗장을 푼다
존재케 하는 존재와
존재하지 않는 존재를 동시에 살아간다
시인은
마지막 한마디를 남기지 못해 죽어서도 이름을 묻지 못
한다
죽어서도 산 자에게 영혼을 빌려준다

시인은

지상에서 가장 아름다운 말의 도둑이며

가장 혹독한 계절이며

스스로를 찔러 다시 사는 사시사철 눈부신 가시나무다

조용한 수업

온 종일 말을 가르치고 돌아온 날
(말 많은 세상에 말을 가르치다니)
말에는
말 없는 말도 있다는 걸 말하지 못했다

씨 뿌릴 말을 찾고 있는데
슬금슬금 곁으로 다가온 거북이
배고프단다
그래, 네 말 맞다
말 없는 말은 늘 배가 고픈 것
상추 다섯 잎 꺼내 주는 입 큰 냉장고는
싱싱한 국어사전

아삭아삭 맞장구를 치며
말에 씨가 먹히는
조용한 수업이다

벼랑 끝의 미학

이마를 하얗게 드러낸 등을 매달고
밤은 골똘하다
언짢은 마음을 들키고 마는 날은
가파른 몸 안의 벼랑 끝까지 달려가 무릎 꿇고 날개를 말
린다
겹허의 무지에 갇힌 외딴 어둠에 갈 바 몰라
문에 기댄 지팡이처럼 울먹일 때
너무 높이 솟으려는 불빛에 시력을 잃고
눈을 반쯤 감고 걷는 날이 많았다
낡은 가로등이 잠든 별들의 생각을 꺼내 먹을 때
입가에 흥건한 비린 어둠을 차마 견딜 수 없어
어둠은 달을 낳고

기도의 꽃을 밟고 오는
맨발의 그대를 보았던가
몇 번이나 그대가 나의 이름을 불렀던가
소리가 닿은 곳마다 몸은 열꽃을 피웠던가

솔개의 우화처럼
밤새 제 부리에 뽑혀나간 깃털을 세며
화려한 비상을 꿈꾸는
나는 나만의 미래인가

붉디붉은 해 한 덩이 물에 말아 먹고픈
아침은
어둠이 품었다 펼치는
거대한 동영상

제4부

백 년 무늬

나는 지상에서 가장 완벽하고 아름다운 무늬를 가졌다

사랑은

사랑은
그대가 내 안에 아침 해로 뜨고
내가 그대의 저녁놀이 되는 일

사랑은
시침과 분침처럼 서로를 존중하며
'따로' 또 '함께' 우리들만의 창세기를 써내려 가는 일

사랑은
나의 왼손이 당신의 오른손을 채우고
당신의 왼손이 나의 오른손을 채우는 일
그리하여 사랑은
'다름' 을 '하나' 로 완성하는 일

사랑은
더딘 걸음으로 다가와 빠른 걸음으로 가는 백 년 여행

사랑은

밀려오고 밀려가는 파도의 문을 열고 들어가
그대의 넘치지 않는 바다가 되어주는 일

(그러나 이 모든 것은
아직 사랑을 모르는 사람들의 사랑이야기)

사랑은
현재진행이 아니면 과거일 뿐
지금
바로
이 순간
당신인 내가 나인 당신을 초대하는 일

유월에 지다

유월에 떠나는
한 사람을 배웅한다
지금 막 생의 고지를 탈환하고
머리맡에 태극기와 아르헨티나 반데라가 꽂혔다
아직은 귀만 열려 있다는 시간
다감하고 치열했던 삶의 전장에서
나는 잘 살았던가
멀리서 들려오는 종소리처럼 가지런한 인사
생의 전투에서 승리의 깃발을 꽂는
이 시간 앞에서는 모두가 승리자다
친구들은 이승의 돈으로 저승의 집 한 채를 마련해주었다
소주잔에 철썩이던 파도가
날이 밝기 전까지
닭이 울기 전까지
생의 애착이 눈물을 흘리며 뒤로 물러나고
툭툭 마음을 두드리는 이 누구신지
나를 섬기며 살았던
나를 향해 살던 시간은 흰 국화꽃 아래 창백하다

지금껏 갈아입었던 색색의 옷들
만장이 되어 펄럭이는 저 먼 길 끝엔
구두 한 켤레
원앙처럼 남았다

빛의 기도

노을에 젖어보지 않고서
기어이 한 사람의 배경이 되었다고 말하지 마라 애야!
혼탁한 땅의 혈관을 어루만져
구름 두어 점 그려 보낸다
기억이 땅에 닿지 않는 지금
너에게로 갈 수 없다 애야!

봉숭아 꽃물처럼 하늘이 아파요 어머니
손톱 밑에 가시우물 깊어가고
의지를 잃은 하루의 반이 서쪽으로 기울 때
알츠하이머 알츠하이머……
몸 속에서 한 마리 새가 울고 있어요 어머니

시간이 몸에서 빠져나가자 초승달이 별을 거느리고 돌아
왔다
새벽까지 메마른 모세혈관에서 병정놀이를 하던 별들이
토닥토닥 가슴에 무언가를 새겨 넣은 후
비가 내렸다

기어이 강이 되었다

팽팽히 태양의 힘줄을 당겨라 얘야!
고고한 시간의 회랑을 지나 꽃피던 노래에 이끼가 끼고
창밖에는 바람이 분대도
얘야,
그건 창밖의 일

손을 주세요 어머니!
하늘이 어두워지고 있어요

민들레 전설

아이야!
사람들은 너를
잊어라 한다
가지런한 너의 웃음은
언제나 키 낮은 민들레였지
밤마다 노란 웃음에 불을 놓아
하얀 별들을 불러 모았다는 걸 알았을 때
너는 바람을 따라 길 나섰지
아이야
사람들은 너를 가슴에 묻어라 한다
그러나 너는 다만
너의 자리로 돌아갔을 뿐
나는 다시 너를 잉태한다
아이야
너를 다시 해산하는 날
내 몸에서도 민들레 홀씨 무장무장 날아오르겠지

백 년 무늬

나는 지상에서 가장 완벽하고 아름다운 무늬를 가졌다
최후의 보루로 남겨놓은 무늬

매혹은 언제나 미래의 것이다
눈과 귀가 방목되고 있는 패션거리
유행은 돌아오는 것
해골무늬 천, 해골 단추, 해골 목걸이, 해골 귀걸이, 해골
허리띠
인간의 굴레를 벗어버린 환생이다
백 년 전의 나를 꺼내 입듯
백 년 후의 아리따운 그대들
환생의 물보라에 발을 담근 지구는
축제의 거대한 무덤

화려한 조명 속으로 파고드는 장미향
해골은 과연 관능적이다
해골 제단을 쌓고 자기미학의 시선 속으로 빠져든다
유혹보다 화려한 바니타스*와 메멘토 모리**

캄캄하게 닫히는 열두 개의 문을 지나
나는 화려하게 스캔되고 있다

살을 발라낸 자유가 거리를 누비는 지금
신은 하루에 몇 번이나 죽음의 문을 여닫았을까

* 바니타스(vanitas): 17세기 초 네덜란드에서 꽃피운 정물화 양식. 죽음의 불가피
성, 속세의 업적이나 쾌락의 덧없음과 무의미함을 상징하는 소재들(책, 지도, 악기, 해
골, 술잔, 양초 등)을 주로 다루었다.
** 메멘토 모리(menento mori): 라틴어로 '죽음을 기억하라' 는 뜻.

낮잠

골라 디딘 햇살들 꽃이 되네
속눈썹에서 깜박이다 사라져간 행성
가슴에서 입으로 흘러 넘치지 못한 머나먼 강
가쁜 숨소리가 출렁이는 내 몸은
바다를 궁글어 만든
소금기둥

골든타임

절망보다 깊은
비둘기
꽃
추락하는 별똥별
흐르지 않는 기억의 폐수들
누가 이 문을 열어놓았나

벽 속에 귀를 묻었다
원하지 않아도 다시 떠지는 눈
어디선가 속살 타는 냄새
결핍은 위대한 스펙이라고
누군가 등을 후리치며 몰아내지만
해 뜨는 길목을 묶어두고 싶다
절망이, 고통이, 후회가, 삶이
이제 그만 내 발목을 놓아주었으면

제 발에 묻은 흙으로 제 무덤을 덮어야 하는 이 땅에서
물구나무서기는 이제 그만

동쪽과 서쪽은 언제 만나나
날마다 뜨는 해에 결박당했으면

시간의 바깥

지구는 나무들의 흔들림으로 균형이 유지되는 것
그러니 나무는 지구의 팔이 되는 것
처음부터 기울어지고 흔들리지 않으면
지구의 소유가 아닌 것

시간의 안쪽에서 자라는 꿈
쉽게 고독할 수 없는 자유의지가 깃발처럼 펄럭인다면
평균대 위에 올려놓은 마음이 수시로 출렁인다면
너는 아직 살아 있다

너의 손을 놓치고
수려한 한 그루의 나무를 만나기 위해
나무는 나무는 나무는…… 쉼 없이 주문을 외우며
나무는 흔들리고 흔들리면서 완벽한 몰입에 든다
제 몸 깨워
잎 하나의 일생을 지켜낸다

물푸레나무

너를 내 생각 속에 품으면
내 피는 푸른빛으로 돈다

안개,
발아래가 보이지 않는다
분심의 얼레를 푸는
주술처럼 캄캄한 물속
칭칭 감겨오는 끈적한 우기가 묻어나는 날이면
너에게로 더 깊이 뿌리를 내린다

긴 그림자에 발을 담그고
변하지 않을 그 무엇에 매달리는 것은 얼마나 진실하고
또 쓸쓸한 시간의 변방인가

나의 자생지는 어디였던가
발등을 내려다본다

낡음의 내재율

시간의 발효를 딛고
흘러간 것들 뒤로 그림자를 접는
낯익고 다감한 눈빛을 본다

멈추어 선 시곗바늘
나른한 봄볕이 뛰어내리다 발목을 접지른다
한때
간곡한 기도의 눈빛들이 날아들어 일분일초를 다투던
회전목마의 꿈
지구의 일거수일투족을 호령하던 자리

빈집이다
목마가 떠난
다만 시간의 볼모였던

끝을 놓쳐버린
소멸
지금 나는 팽팽히 치닫던 휘발성의 시간들을 추적한다

나는 내 안에 없는 존재다
장식품처럼
열두 개의 방을 뛰어 다니며
내 안에 살아도 내가 될 수 없었던
그 무엇에도 시간의 지문 같은 건 발견되지 않았다

낡은 집에 세든 한 쌍의 커플
1.5볼트 건전지 두 개
내 태중에서 자란 아침이다
풋내 물씬하다

토네이도

봄은 이마까지 닿아 있는데
갈 길 먼 어린 꽃들의 눈을 가리는 바람
황무지를 숨기기 위해 끝없이 회오리를 일으키는 욕망
이제 멈추기엔 너무 가속이 붙었다
길은 이미 끊겨 있는데
어쩌나, 어쩌나, 봄은 아슬아슬하게 나무들만 깨운다
말랑말랑한 혀가 예상치 못한
폭풍은 느닷없이 어린 꽃들의 목덜미를 깨물 것이다
구름이 파란 하늘에 제 몸을 쓱쓱 문지르며 날을 세우고
분노한 민들레가 불쑥 노란 꽃을 꺼내 경고한다
'진정들 하세요!'
때도 없이 끓고 방향도 없이 부는
부끄러운 가르침을 더는 말자
힘에 겨운 중량으로 자신을 향해 활시위를 당기고 있는
위태로움
전진을 숨긴 퇴보
점점 무르익는 가면 무도회, 그대, 위험하다
남은 생애에 꼬리표처럼 따라다닐 환멸의 눈동자

모순을 밟고 모순을 살아갈 검증되지 않은 시간들,
언제쯤 우울한 직립의 칼날이 무뎌질 것인지
낮달의 속울음을 기워내는 햇살이 글썽인다
거미줄에 간당이는 아이들 책 읽는 소리가 위태롭다
욕망은 자라고 의식은 소멸되어가는 사람아, 사람아,
희생적이고 사랑 많은 그대, 무섭다
아성에 갇혀 자기 성을 자기가 공격하는
시대의 돈키호테는 손거울 속의 어리석은 영주領主일 뿐
비켜라, 잎 나고 꽃 피는 권리 천륜보다 앞선 것이라고
장미도 빨간 카드를 꺼내 들고 분노의 가시를 내민다
우리가 공유한 몇 페이지의 희망 중
어린 꽃잎의 첫 장을 꺼내
너에게 입 맞추게 하고 싶다

정전

하루 해가 옷을 벗는 어둑한 시간

인공의 빛 사라진 허공

아주 오랜만에 밤을 되찾은 도시가 숨막히는 더위와 열
애 중이다

철저히 단절되었던 창문들이

굳은 관절을 펴고 이웃집 창들을 기웃거린다

반쯤 가려진 커튼 사이로 서로의 심지에 불을 당기는 사
람들

한 줄기 바람

불문의 한 생을 에돌아 나와

마지막 몸을 푸는 태양의 이마를 씻어준다

닦아도 닦아도 지워지지 않는 어둠이 어둠으로 용해되고

형체 있는 모든 것들

제 그림자 내려놓고 고요해진다

기진한 도시의 실핏줄

나무들마다 푸른 링거를 매달고

깜깜하여 오히려 환한 한때가

밤의 비무장지대를 조심스레 지나가고 있다

빛은 어디에서 오는가
빛으로 살지 못해 빛을 만들어 걸고
어둠을 피해 어둠을 숨겨왔던 문명
언제부턴가 별 뜨는 밤을 도난당한 건
인공태양에 길든 시대의 오류
흔들리는 촛불은
흔적 없이 왔다 가는 당신의 눈빛
산들바람 한 줄기 이토록 간절한
깊고 뜨거운 여름 밤의 체취
일인칭의 하루가 저문다

장미 기도

뿌리치지 않을 것을 앎으로
매달린다
외길일수록
간절하다

기도는
어둠을 밟고 싹트는 별
앞서거나
뒤서거나
나는 너에게
너는 나에게
젖지 않고 내리는 비
마르지 않고 흐르는 강
하늘까지 울리는
영혼의 종소리
남모르는 아픔과 고통과 눈물의
티 없는 발자취를 찾아
태중의 맥박으로 한 알 한 알 꿰어 만든

구슬 계단

손끝에 고이는 이슬방울

보드라운 하늘의 속살

어머니의 방

홀로 불러도 결코 홀로 아니 부르는

불러도 불러도 못다 부른 미완의 노래

꽃들은 몸 속에 무덤 하나씩 갖고 있다

누가 나를 꽃이라 하고
허공에 묶어두었나
봄바람의 서툰 발길질에도
하르르
막무가내 쏟아져내리는 하까란다는
지구의 생리혈
그러기에 흥건한 나무 아래를 힐끔거리는 눈빛들

허공은 거대한 아기집
나무는 싱싱한 지구가 뻗어내는 혈관
먼먼 우주 어딘가에서 보내온 푸르고 영원한
한 방울의 피를 받아
꽃은 일 년에 한 번
사람은 한 달에 한 번 생리를 한다

누가 꽃의 마음을 꽃말이라 하나
누가 두발 직립의 생명이 피우는 꽃을 마음이라 하나
마음에 핀 꽃은 또 무어라 하나

내일이면
누군가 다시 읽게 될 지구의 책갈피에
압화처럼 엎드린
꽃들은 몸 속에 무덤 하나씩 갖고 있다

너를 보내고

나무는
제 것 아닌 양
색 바랜 잎들을 떨구어낸다

뜨겁게 타올랐던 여름도
생의 고도는 아니어서

너와 나
한때는
봉긋한 봄날의 수줍음이었지
소나기가 채찍하던 여름날의 열망이었지
그리고
가을은 기억만 갉아먹어도 온몸이 뜨거워져
열매도 잎도 초록으로 끓어올랐다가
둥글게 더 둥글게
달디단 속앓이를 했었지

너를 보내고

영혼 없는 길을 걸었지

비틀비틀 그림자에 걸려 술병처럼 쓰러지는 하루의 끝에서

나는 보았지

가고 오는 모든 흐름 속에는 죽음마저 환한

그 무엇이 있어

이제는

축축한 외투를 벗고 열차를 갈아탈 시간

고구마가 있는 정물

일렁이는 여름의 누기를 곧추세워 허공의 후미진 곳까지
고구마 순들
푸른 옹알이로 달려 나온다
오늘따라 흔들리는 지구
꼬물꼬물 여린 손들

위태로운 뉴스가 무책임하게 방류되는 오후의 길목을
한 모금 물의 힘으로
의심 없이 풀어내는 저 믿음 보아라
막막한 물 벽을 밀어내어
푸른 깃발을 꽂고야 마는
겉 자란 바람의 온도를 어루만지며
햇살 듬뿍 찍어 그려내는 현재진행의 정물화
지상의 혼돈과 교감하는 보이는 손과 보이지 않는 손
우리는 너무 완벽하다
자주색이었을까 처음 세상은
삽 자국의 상처를 뚫고 생명을 얻어
벽을 타고 머문 곳

한 잎의 햇순으로 목을 축이고 있는
푸른 날개들

모래 장미

– 위안부 할머니들에게 바침

누군가를 겨냥하고 있다

장미는
붉고 환한 혈통을 지키기 위해 제 몸에 가시 못을 박는다

막막한 어둠
메마른 새벽
꽃잎 한 장으로 일어서던 아침
빨간 입술에 분노를 숨기고
바스라진 언어를 등에 업는다
가시에 실을 꿰어 찢긴 꽃잎을 꿰매며
붉디붉은 매혹의 향기를
거부한다

떨어져 밟히면 새벽의 뒤꿈치를 물고서라도
꽃으로 산화하고 싶은 청춘이다

장미의 헛디딤을 잘라

화병에 꽂고 두 번 절한다

담장을 오르는 줄장미의 연등행렬
장미는
누군가를 겨냥하는 꽃이란 걸 가시 못으로 고백한다

12월

기다림이 수런거리는 12월
한층 빨라진 사람들의 발걸음에
시간은 숨이 가쁘다
미련은 없지만 잊을 순 없는
너를 보내려 한다 이제
하루를 성실히 살아온 숫자들의 눈망울
아직 애틋하지만
잘 익은 열매는 나무를 떠나는 것
영혼의 우화를 꿈꾸며
몸에 싸인 거품들을 헹구어내는데
이른 아침 창밖의 새들이
달그락 달그락 열두 달 밀쳐둔 생각들을 꺼내 들고
설거지를 한다

욕

기이한 소문을 먹고 자라는 주×××들과
악령의 비밀통로로 교신하는 귀×××들과
타락한 영혼들이 훔쳐온 현란한 눈××들과
귀함과 천함을 넘나들며 상처뿐인 제 사타구니를 핥아대
는 코×××들과
높은 곳에서만 이적을 행하는 손×××들과
겹겹이 포장된 선물상자 속에 파멸의 핵을 키우는 썩어
문드러질 발×××들

왜 욕쟁이 할머니들은 시인이 되지 않고
기부천사가 되는 걸까

단 한 번 지구외출이 허락된 이 땅에서는

오래된 집

- CEMENTERIO DE LA RECOLETA

아름답게 늙어가는 성
'레꼴레따'는
역사의 수호를 받으며 불멸에 발을 담근
죽은 자들의 동화 속 궁전이다

모든 기다림의 끝엔
되돌아 나올 수 없는 문이 있어 우리는 망각에 갇힌다
굳게 닫힌 육중한 문들 뒤에 적막한 또 다른 기다림을
문은 이해했을까

천사들이 날개를 접은 곳
허공에서 비행을 멈춘 독수리는
인간의 마지막 두려움과 집착을 낚아챌 발톱을 다듬고
있고
대리석 계단 아래, 또 그 아래
아득한 어둠으로 저무는 계단

긴긴 잠의 열쇠를 어디다 숨겼나

벽에 기대어 잠든 큐피터의 기나긴 졸음
화살은 지금 어디로 날아가고 있나
기다림에 지친 여인의 석상은 거미줄로 화장을 하고
빗물로 제 몸을 허문다
여행자들은 죽은 자들 도시의 시민처럼 기념사진을 찍고
무덤은 오래된 문패를 꺼내 가문의 명예를 지킨다

퇴화된 날개의 흔적을 더듬는 따뜻한 햇살의 식솔들
이곳에 다 모였다

첨탑마다 기다림만 무성한
죽음의 주술로도 불러낼 수 없는 별보다 먼 나라는
끝내 마르고 싶지 않은 목마름일 뿐
죽은 자들의 동화는
불멸의 허공을 움켜쥐고 서성이는 산 자들의 역설일 뿐

누가 먼저 그의 이름을 불렀던 것일까

고백보다 깊고 푸른 나뭇결
그 아래로 품어 든 사람은 몇몇인지

'뻴라르' 성당에서 만난
십자고상 하나
어느 수도사가 깎아 만들었다는

아무것도 본 것 없다는 듯 역설의 눈을 지그시 감고
하고 싶은 말 가득 담은 긴 턱
자신을 돌보지 않은 수염과 가슴까지 내려온 머리카락은
생각과 말이 까칠한 현실을 돌보며
지치지 않을 이름 하나 머금고 있다

화려한 옷으로 몸을 가려도
내 안의 상처를 다 가릴 수 없는 것은
저 위대한 손끝의 피멍 때문이다
닿지 않는 깊이 때문이다

바람 불 때마다
저요! 저요! 손 흔드는 나뭇가지는
성찬을 받쳐 든 사제의 손
양보할 수 없는 선택을 꿈꾸었을 푸른 순교
비구름 머금은 하늘이 무너지지 않는 까닭이다
나무들
가지가 부러질 때마다
일제히 몸을 굽혀 경배했을 것이다

성자를 새겨 넣던 연로한 수사는 이제 성자의 손을 잡고
나무 속으로 길 떠났단다
한동안 조기를 매달았을 나무
더는 이 푸른 순교를 볼 수 없단다
저요! 저요! 손 흔드는 나뭇가지들
어쩌나?
어쩌나?

무성한 너만 있는

긴 막대 과자를 먹으며
입안에서 수도 없이 말을 거는
밀가루의 아삭한 음성을 듣는다
날것에서 익기까지는 얼마나 먼 길인가
미립의 보드라운 입자가 물과 불을 건너와
다 이루었다고 생각할 때
돌아가야 할 곳은
맨 처음 그대로
작아지고 작아져 얽히고 섞이어 몸을 바꾸는
너의 즐거운 양식이 되는 것
나의 길이라고 믿었던 그 길엔
무성한 너만 있는
창밖엔 이른 봄 비
잠시 이 성스러운 시간을 인도하는
침묵에 길들여진 한때

뻬아또날

토요일 저녁 뻬아또날
등이 휘도록 자동차를 업고 달리던 도로 위에서
야시장이 열리고
연극이 시작되었다
'Grupo de Teatro Alma de Proa'
지상을 떠돌던 독백들 무대에 오르고
막 내리고 막 오르는 뜨거운 호흡
어떤 이는 외로움 추서려 거리로 합류하고
어떤 이는 제 역할 접어 지붕 아래로 스며든다

수천의 발자국이 밀려가고 밀려온다
수식된 자아를 내려놓고
더 많은 역할을 맡기 위해 배역을 맡는다

속도가 속도를 불러 발가락이 짓무르고
방심한 사이
촉각을 세운 손 하나가 가슴으로 쑥 들어와
시퍼렇게 멍든 녹슬고 모진 말들을 꺼낸다

환호와 박수를 받으며 조각조각 기워지는 꿈
몸은 펄럭이는 깃발처럼 일어선다
오늘도 타인의 방에서
몸에 꼭 맞는 연미복 한 벌 입어본다
모자 속 동전들이 박수를 보낸다
가로등 그늘 아래
가벼운 육체를 내려놓은
하루살이들의 허물이 꽃잎인 양 홍건하다

살풀이

무명수건 날아올라
허공을 푼다
애끊는 피리소리
한이로다, 한이로다,
달빛도 젖어 우는 하얀 춤사위

버선코 들어 올려 한 바퀴 돌고
치마자락 들어 올려 두 바퀴 돈다
쪽진 머리 단아한 이마
달빛 내려와 버선발 아래 고이네, 고이네
이 매듭 어디서 온 것이기에
시린 허공에 몸을 푸는 여인아, 여인아,

어찌하나, 어찌하나 너를 두고 어찌하나
애달파라 춤추는 무명자락
살을 도려내듯 애끊는
곡진하고 구슬픈 해금소리
애간장 다 녹아내리는 서슬 푸른 살을 풀어

두 손으로 공손히 허공을 괴는 여인아, 여인아,

흥이로다, 흥이로다,
하얀 어깨 위로 날아오르는 춤사위
너도 한 몸, 나도 한 몸이니
가자 가자, 함께 가자,
이 끝 풀어 저 끝 매고
머리 풀듯 살을 푸니 한 생의 길이가 예서 거기
한이로다, 한이로다,
맺고서 풀지 못하는
백옥에 적신 저 소매 끝에 매달린
억겁의 인연

신성의 투시와 '시의 도시'

이성혁
문학평론가

1

조미희 시인은 한국의 시인과는 다른 조건에서 시를 쓰고 있다. 1991년에 아르헨티나로 이주했다고 하니, 그는 20년이 넘게 먼 타향살이를 하면서 시를 쓰고 있는 셈이다. 첫 시집 『상현달에 걸린 메아리』(2008, 문학수첩)의 「자서」에서 시인 자신이 말하고 있듯이 "척박한 모국어의 땅"에서 이중 언어를 사용하면서 살고 있는 것인데, 그 시집에는 시인 자신의 한국어 시를 스페인어로 번역하여 같이 실은 시도 있다(시인의 친구로 보이는 두 '현지 시인'의 스페인어 시를 한국어로 번역하여 같이 싣고 있기도 하다). 시인이 이러한 이중 언어 사용의 조건 속에서 살게 되면 말에 대한 감수성이 남달리 예민해질 것인데, 그래서 그는 「자서」에서 "나는 이 속에서 단물 뚝뚝 흐르는 모국어라는 열매를 품고 한입의 맛으로 익어 가는 언어의 오감五感이 되었으면 한다"고 말하기도 한다.*

조미희 시인은 첫 시집의 표제시에서 "보드랍고 쫄깃한 생의 밀도에 침몰한다"라는 표현을 쓴 바 있다. 그 침몰은 '당신'의 침묵 속에서 "기억 언저리에 달무리 진 한 생이 통과"하면서 이루어진다. 2007년 『평화신문』 신춘문예 당선작인 「해거름엔 포도나무가 되고 싶다」에 따르면, 시인에게 시의 말은 "침묵의 매듭을 푸는 향기"와 같은 "포도의 눈물"과 같다. 생의 밀도를 통과하면서 그 침묵의 매듭이 풀릴 때, 포도나무 가지 끝에서 떨어지는 "한 방울의 포도즙", 그것이 그에겐 시다. 그러한 시야말로 "인도블록으로 가려진 푸석한 도심의 뿌리"에 필요한 "빗물보다 진한 수혈"(같은 시)이 될 수 있으리라고 그는 생각한다. 즉 메마른 도시에서의 상처 입은 삶을 치유할 수 있는 "한 방울의 포도즙"이 시이며, 그 시를 쓰기 위해서는 생의 밀도를 풍부하게 감각할 수 있어야 하는 것이다. 그 치유적인 힘을 가진 시는 다음과 같이 새소리로 상징화되기도 한다.

* 그런데 조미희 시인과 같은 이중 언어 사용자에게는, 모국어의 감각을 잃지 않기 위한 시 쓰기는 다시 "시는 국경도 인종도 초월하는 우주언어"라는 인식을 낳게 되는 것 같다. 그것은 아마도 그에게 시 쓰기는 두 나라 언어를 교통시키면서 이루어지기 때문이리라. 그래서 그가 모국어의 '오감'을 되살리고자 노력하는 일은 어떤 내셔널리즘적인 발로와 통하는 작업이 아니라, 우주언어—시—를 통해 세계의 말을 좀 더 풍부하게 하는 작업이라고 할 수 있을 것이다.

방금 노래하는 새

도시가 앓는 소리들의 상처를 치료하고 있다

피멍 든 소리들의 오라를 풀고

관절 마디마디 혈관 넉넉히

들고 나는 새소리가 장엄하다

굉음을 내며 치솟는 자동차 소리 뒤로

기꺼이 답하는 또 다른 새소리가 있음을 보면 안다

수술대에 누운 소리들의 비명

낭자하게 파열된 지상의 어떠한 아픈 소리들도

저들의 그물에 걸리면 완벽하게 치료된다

—「소리에 관하여」 부분

"굉음을 내며 치솟는 자동차 소리 뒤로" "장엄"하게 들리는 새소리가 "도시가 앓는 소리들의 상처를 치료하고" 있다는 것, 이때 그 새소리가 시의 본질을 의미하고 있음을 우리는 자연스럽게 유추할 수 있다. 첫 시집을 펴낼 당시의 조미희 시인에게는, 시의 본질이란 저 새소리의 치유적인 서정성이었으리라는 것을 짐작할 수 있다. 그래서 첫 시집 해설자인 유성호 평론가도 조미희 시인의 시에서 "전형적인 서정시의 외관"을 읽게 되는 것일 텐데, 첫 시집이 발간된 후 6년 만에 펴낸 이 『체 게바라와 브라우니』는 첫 시집의 '전형적인 서정성'을 보여주는 시가 많이 실려 있으면서도 비교적 난해한 모더니즘적인 시 역시 적잖이 실려 있어서 시세계의 변화가 엿보인다. 표제작부터가 혁명가 '체 게바라'와 그와는 거리가 먼 이미지인 '브라우니'(케이크를 뜻하기도 하고 부엌의 요정을 뜻하기도 한다)를 세련되게 몽타주하고 있는 것이다. 이는 조미희 시인이 어떤 변화를 모색하고 있다는 것을 의미하겠다. 그도 그럴 것이, 그는 이 시집에서 어떤 낯선 장소로 모험적인 여행을 하고 있는 듯이 보이는데, 그 장소는 자신의 무의식과 관련된 곳이다. 이 시집의 첫머리에 실려 있는 아래의 시는, 시인이 이 시집에서 그러한 모험을 감행하겠다는 선언처럼 보인다.

누가 내 안에 들어와 살고 계신가

아흔아홉 계절의 꿈을 꾼다
벽화 속 여인들이 줄지어 나와 '프로이드'가 파놓은 우물을 마신다
감정은 빼고
사람은 언제나 변할 수 있다
(중략)
내 안에 있는 너를 다 지울 수 없을 때
사랑에 빠진다

그러하여,

때로는

유리 벽 너머에 갇힌 너의 무한천공을 다 읽을 수 없어

마음이 푹푹 빠지는

너는 즐거운 나의 무덤이 아니신가

아흔아홉 개의 꼬리를 내미는 저 긴 터널을

그대라고 부른다면

쨍그랑, 생을 접기라도 할 듯 눈을 부릅뜨는

영혼도 아닌

의식의 틀에 갇힌 무의식의 환영 아니신가 그대

—「거울」부분

　시집의 첫머리에 실려 있는 시는 그 시집의 시세계를 압
축하여 보여주는 경우가 많다. 그렇다면, 위의 시는 이 시
집이 "즐거운 나의 무덤"이나 "무의식의 환영"인 '그대'와
의 사랑을 기록한 것이라는 점을 밝히고 있다고 할 수 있겠
다. '그대'는 "내 안에 들어와 살고 계"시는 '너'다. 너는
'무한천공'이자 '긴 터널'을 통해 들어갈 수 있는 무의식에
거주한다. 너는 "의식의 틀에 갇"혀 살지만 "다 지울 수 없"
는 "무의식의 환영"이다. 즉 "나의 무덤"과 같은 무의식에
거주하는 너는 환영으로서 등장한다. 그렇게 등장한 너는
"'프로이드'가 파놓은 우물을 마"시면서 "아흔아홉 개"로

증식하고 변화한다. 그래서 시인은 너를 "다 읽을 수 없"
다. 하지만 너는 그만큼 매력적이어서, 시인은 너에 "마음
이 푹푹 빠"진다. 시인은 "아흔아홉 계절의 꿈"으로 등장하
는 무의식의 환영을 사랑하게 된 것이다. 하여, 시인은 사
랑하게 된 낯선 무의식의 세계에 과감하게 발을 들여놓으
면서, 이 시집의 시편들을 통해 자신의 '거울'에 비치는 그
환영들을 기록하게 될 것이다.

2

　조미희 시인이 「거울」 다음에 실린 시인 「대평원을 달리
다」의 첫 행에서, "달리는 풍경들이 몸 안으로 몰려오고 있
어"라고 말할 수 있었던 것은 의식을 통해 세계를 판단하는
것이 아니라 무의식으로 세계를 맞이하고 있었기 때문일
것이다. 이러한 만남을 통해 세계는 환영적인 풍경으로 현
현하기 시작한다.

　　당신은 잠에서 깬 듯 구름을 갈아엎어 씨를 뿌리고
　　영문 모르는 새 떼들 아직 하늘에 떠 있지
　　찬란한 적막을 탐닉하던 붉은 노을이
　　나무들의 귀를 당겨

세상에는 없는 은유법으로 속삭이는 것을 보았지

잎을 다 버린 나무들의 모세혈관이
하늘에 탁본되고 있었지

—「대평원을 달리다」부분

「거울」에서 '너'는 아흔 아홉 가지 "무의식의 환영"으로
변신하는 또 다른 '나'였다. 그러면 이 시에 등장하는 '당
신'은 누구인가? 잠자고 있다가 깨어나 "구름을 갈아엎어
씨를 뿌리"는 당신 말이다. 위의 인용 부분 앞에서 당신은
"허공을 휘휘 저어 구름을 만들고 / 사각으로 단단히 접혀
있던 땅에 비를 내"리는 신과 같은 존재로 나타난다. 당신
이 구름을 만들어 씨—비—를 뿌리는 것은 세계에 신성
을 스며들게 하는 행위다. 신성이 스며든 세계에서는 '붉은
노을'이나 '나무들'과 같은 존재자들이 서로 "세상에는 없
는 은유법으로 속삭이"게 될 것이며, 그럼으로써 "나무들
의 모세혈관이 / 하늘에 탁본되"는 현상이 일어날 것이다.
하여, 이 세계에서는 모든 존재자들이 서로를 비추고 '탁
본'되는 아날로지의 관계에 놓이게 될 것이다. 시인이 자신
의 "몸 안으로 몰려오고 있"는 풍경을 무의식의 거울로 비
추어냈을 때, 그 풍경은 신성—'당신'의 씨—을 품고 현
현하게 된다는 것을 위의 시는 보여주고 있다.

이때 그 풍경은 신성이 스며든, '탁본' 된 문자로서도 생각될 수 있는데, 그래서 시인은 다른 시에서 "활자 가득 뜨거운 숨결 여무는 / 푸른 우주의 책갈피였을 당신"(「그대를 위한 시」)이라고 말하고 있는 것일 테다. 당신은 우주의 책장과 책장 사이 — '책갈피' — 에 존재하면서 활자 속에 뜨거운 숨결을 불어넣고 여물게 하는 존재다. 그래서 우주 속의 활자들, 즉 뜻을 품고 있는 존재자들은 신성으로 뜨겁게 충만해 있는 것이다.* 이러한 신성의 세계 속에서 존재한다는 것을 깨달은 시인은 그 "깜빡이는 마지막 활자를 안고 / 네 안에서 마비"(「문자에 갇히다」)되고 만다고 표현하기도 한다(신의 숨결이 스며든 활자는 어느 순간 현현했다가 깜빡이면서 사라지기 때문에, "마지막 활자"라고 시인은 표현하고 있는 것이리라). 그렇게 신성이 스며든 활자들로 이루어진 세계는 마치 시인이 쓴 시와 같은 모습으로 현현할 터인데, 그래서 시인은 다음과 같이 쓰고 있는 것이리라.

창밖을 부유하는 젖은 가지 위로
봄밤은 푸른 육체를 내려놓는다

* 세계에 현현하는 신성의 투시는 첫 시집에서도 이미 나타나 있었지만, 이 시집에서 시인은 이러한 신성의 현현을 더욱 직접적으로, 그리고 현란하게 드러내고 있다. 가령 위에서 언급한 첫 시집에서 포도주—"한 방울의 포도즙"—는 "포도의 눈물"(「해거름엔 포도나무가 되고 싶다」)로 표현되는 데 반해, 이 시집에서 그것은 노여움을 푼 "신의 물방울"로 표현된다.

문턱을 넘는

밤의 지퍼를 열면

어느 시인의 속 깊은 울음이 지상으로 내려와

뿌리 잘 내린 나무 한 그루 붓 삼아

일필휘지 단숨에 써내려 가는 문장들

허공 어디쯤 헛디딘 자음이 궤도를 찾아들고

겉돌던 문장부호가 모음의 품에 깃들어 생기 발랄한

취한 듯 아름다운 몰입으로

지상의 굳은 근육을 풀어주는 앙증스런 새순들

오래고 깊은 푸른 힘의 실체를 엿보려는 불빛들의 눈초리

가 다정하다

일찌감치 전기 톱에 잘려나간 가지들은 지금

어느 도심 밖의 행성이 되었는지

해묵은 밑동 하나 여백처럼 묵묵히

푸른 먹을 갈고 있다

익숙하나 때로 낯선 이 유목의 땅에

무엇이 너를 끈질긴 부력으로 떠오르게 하는지

봄밤의 방명록에는

소통부재의 명단이 빼곡하다

―「자정의 푸른 손」 전문

'당신-신'은 위의 시에서 '신-시인'이 되어 등장하고
있다. 이 시에서 시인 앞에 현현하고 있는 세계는 '신-시
인'이 쓴 시다. 하지만 세계가 언제나 시로 나타나는 것은
아니다. "푸른 육체를 내려놓는" '봄밤'일 때 세계는 시로
써지기 시작하는 것이다. 이 봄밤, 즉 세계가 시로 현현하
는 시간은 세계가 자신의 맨살을 에로틱하게 드러내는 때
를 의미한다.* 이 밤에 세계의 존재자들은 자음이나 모음
이 되어 화음을 이루면서 세계의 시적 형성에 기여한다.
"해묵은 밑동 하나"도 "여백처럼 묵묵히 / 푸른 먹을 갈고
있"으면서 말이다. 이 세계의 시는 그때그때마다 모습을 달
리할 수 있을 것이다. 다시 말하면, 시가 무한히 써질 수 있
듯이 세계라는 시도 무한히 써질 수 있기에, 세계는 어떤
때엔 환희의 시로 나타나거나 어떤 때엔 비통의 시로 나타
날 수 있다. 위의 시에서는, 세계의 시는 '신-시인'의 "속
깊은 울음"으로 "일필휘지 단숨에 써 내려가는 문장들"로
이루어지고 있다.

---

* 그런데 '신-시인'이 쓴 세계에서 시—"오래고 깊은 푸른 힘의 실체"—를 읽고 있
는 것은 바로 「자정의 푸른 손」을 쓰고 있는 조미희 시인이라는 점을 잊지 말아야 한
다. 이 시는 조미희 시인이 시적 투시력을 통해 자신의 무의식의 거울에 비치는 세계
의 신적 실체를 보고 기록하는 방식으로 시를 쓴다는 점을 드러낸다. 그러나 조미희
시인의 기록하기는 수동적이지만은 않다. 시인이 슬픔에 잠겨 있을 때, 세계는 슬픔
의 시로서 현현하게 될 것이기 때문이다. 그렇지만 이 현현은 시인의 슬픔이 투사되
어 나타난 것이 아니라 세계에 내재되어 있는 슬픔이 드러난 것이기에, 여전히 시인
은 기록자로서 존재한다고 말할 수 있다.

하지만 그 신의 울음으로 쓴 시는 세계를 우울하게 만들지 않는다. 도리어 그 울음은 세계를 변모시킴—"헛디딘 자음이 궤도를 찾아들고 / 겉돌던 문장부호가 모음의 품에 깃들"게 하는 방식으로—으로써 지상의 세계를 "생기 발랄"하게 하고 "지상의 굳은 근육을 풀어주는" 것이다. 이는 '신—시인'의 시 쓰기란 바로 "오래고 깊은 푸른 힘"으로 지상에 생명을 불어넣는 행위이기 때문일 것이다. 그러나 위의 시는 현현하는 세계의 시적 신성에 시적 화자가 환희하는 식으로 끝나지 않고 있다. "봄밤의 방명록에는 / 소통부재의 명단이 빼곡하다"면서 시가 끝나고 있는 것이다. 시인은 세계가 "밤의 지퍼를 열" 때를 포착하고는 세계에 내재되어 있는 시적인 신성을 시적 투시력으로 인식하면서도, 그와 동시에 세계의 신성과 자신 사이의 소외도 날카롭게 인지한다. 그 소외의 원인은 "일찌감치 전기 톱에 잘려나간 가지들"이라는 구절이 암시하듯이 인간 문명의 남성적인 폭력성과 연관이 있을 것이다.

세계의 신성에 접속하면서 동시에 그로부터 소외되어 있는 시인은, 그래서 이 '봄밤'의 세계를 "익숙하나 때로 낯선 이 유목의 땅"이라고도 표현하고 있는 것일 테다. 하여, 시인은 「벼랑 끝의 미학」에서 "외딴 어둠에 갈 바 몰"랐으며, "너무 높이 솟으려는 불빛에 시력을 잃고 / 눈을 반쯤 감고 걷는 날이 많았다"고 말하기도 한다. 그의 시는 한편으로 "가파른 몸 안의 벼랑 끝까지 달려가 무릎 꿇고 날개를 말"(같은 시)라는 절박함으로부터도 써졌던 것이다.

3

방금 살펴보았듯이, 세계에 스며들어 있는 신성에 대한 조미희 시인의 투시는, 그로 하여금 세계의 불투명성과 마주하게 만들기도 한다. 그 불투명성은 '전기 톱'과 같은 남성적인 문명의 폭력성으로부터 비롯된 것일 텐데, 그래서 시인은 다음과 같은 신화적인 문명을 상상하게 된 것이리라.

운무로 가려진 그녀들의 계단은
종달새 둥지로 이어져 있었다.
검고 찰진 머리카락을 하나씩 뽑아 서로의 신분을 확인한다.
향기가 섞이지 않도록 그만큼의 거리에서
서로의 마음을 조각하고 그 조각들을 하나씩 끼워 맞추면
태양의 신전이 완성된다.
그녀들의 공중도시는
열대 우림의 울창한 정글 너머로 보이는 설산의 신비.
전사들은 더 용감해지기 위해 태양의 머리에 왕관을 씌우고
무지개로 울타리를 친다.

못 올라갈 나무들이 고개를 떨어뜨린다.

자기 함정에 발목이 묶인 무지개는 제풀에 지치도록 몸을
태우고

수평선으로 던져진다.

그녀들은 또다시

칠정七情의 일곱 계단을 오르며 화장을 한다.

일곱 개의 제국이 통일되고

새로운 문명이 탄생한다

수신용 행성을 띄우고 무지개를 묶어둘 제단을 만들고

한 달에 한 번 축제를 연다.

그녀들의 거울 속에는 끊임없이 가보지 않은 새 길이 있고

반응하는 자와 행동하는 자가

그녀들의 문명을 밀고 간다.

무지개가 주입된다.

이제 나의 질문은 지상에서 사라진 언어가 되고

해답을 채워 넣을 문명은

아직 오지 않았다

—「무지개 문명」 전문

경이적인 판타지가 화려하고 활달하게 전개되는 이 시에
서, 일단 저 신화적 세계를 '그녀들'이 만들어내고 있다는
점에 주목하게 된다. 저 '무지개 문명'은 지상의 남성들이

만들어낸 문명과는 다른 페미니즘적인 문명이다. "그녀들의 계단"이 "종달새 둥지로 이어져 있"다는 것은 저 천공의 '공중도시'가 새의 거주지임을 암시한다. 조미희 시인의 첫 시집에서 새소리란 지상의 도시인들의 상처를 치유하는 시임을 우리는 앞에서 살펴본 바 있었다. 이에 따른다면, '무지개 문명'은 시로 만들어진 세계인 것이다. 그 시의 문명은 화장하는 여성들의 세계이며, '칠정'이라는 일곱 개의 감정들로 이루어진 제국이 통일된 공중도시다. 공중도시의 내부는 "열대 우림의 울창한 정글 너머로 보이는 설산의 신비"를 지니고 있는데, 내부를 비추는 거울을 들여다보면 "끊임없이 가보지 않은 새 길"과 마주하게 된다. 그 거울이란 시의 표면일 것인데, 「거울」에서 읽은 바에 따르면 그것은 또한 시인의 무의식을 비추는 환영의 장이기도 할 것이다.

즉 저 무지개 문명은 시인의 거울—무의식의 환영—을 통해 나타나는 시 자체라고도 말할 수 있다. 그리고 그것은 여성만이 드러낼 수 있는 환영의 시라고 할 것이다. 그런데 시인은 시의 끝부분에서, "나의 질문은 지상에서 사라진 언어가 되고"라고 말하고 있다. 이는 시인의 환영이 하나의 질문이었음을 암시한다. 어떤 질문일까? 지상의 질서를 대체할 수 있는 새로운 질서에 대한 질문 아닐까? "한 달에 한 번 축제를" 열며 "반응하는 자와 행동하는 자가 / 그녀들의 문명을 밀고" 가는 여성적인 문명의 질서. 그 질서는 시적 환영으로 나타나고는 곧 지상에서 사라져 언어로만 남게 되지만, 그 남은 언어는 현재 지상의 질서와 또 다른 문명에 대한 질문을 남기게 된다. 그래서 시인은 아직 오지 않은, 그 질문에 대한 "해답을 채워 넣을 문명"을 기다리게 될 터이다. 이렇게 시인은 여성의 시로 이루어진 문명을 꿈 꾸고 기다리고 있는 것인데, 하지만 시인은 그 문명을 만들 어낼 '그녀'를 지상에서 발견하기도 한다. 표제시인 「체 게 바라와 브라우니」에 나오는 어떤 여자가 그녀이다.

목덜미에 새긴 '체 게바라'의 문신을 자랑하며
여름 한낮을 반죽하는 여자

푸른 동맥이 움찔거리는 나무들 사이로
까를로스 가르델의 노래가 재생되는 거리
기억하는지? 자본주의보다 더 자본주의적인 조명 아래서
혁명보다 무서운 입맛을 가진 너

아르헨티나에서 태어나 쿠바에서 싸우고
볼리비아에서 죽어 다시 쿠바에서 잠든 라틴 아메리카 혁
명의 별
오늘
시대의 일탈을 꿈꾸는 한 여인의 목덜미에 앉아

맛의 새로운 가문을 세우고 있다

오색상처의 맛에 대하여 사람들은 왜 입을 닫나?
애타게 끓어올라도 36.5도를 넘지 못하는 불꽃도 있어
울컥울컥 푸른 혁명을 꿈꾸는 여자

부엌을 장악한 게릴라들
뜨거운 브라우니를 꺼내는 여자의 손에서
체 게바라의 지문이 발견된다
노릇노릇 금박의 양탄자를 깔아도
생의 외벽에선 어쩔 수 없는 그을음이
혁명의 불멸성을 증명한다

당신은 어느 날 문득
택배 하나를 받게 될지도 모른다
쿠바산 시가 냄새가 배어 있는 잘린 두 손과 일기장 그리고
브라우니를 든 목각인형

체 게바라의 일기장에 그녀의 하루가 기록된다
그녀의 선택은
'체'의 베레모에 반짝이는 별이었으므로
여름 한낮의 목덜미에 문패가 걸린다

"Hasta la victoria siempre!"

—「체 게바라와 브라우니」 전문

　'그녀'는 "목덜미에 새긴 '체 게바라'의 문신을 자랑하
며" "시대의 일탈을 꿈꾸는 한 여인"이다. "부엌의 게릴라"
인 그녀는 "울컥울컥 푸른 혁명을 꿈꾸"는 이로, 그녀가 꺼
낸 "뜨거운 브라우니"에는 "체 게바라의 지문"이 찍혀 있
다. 시인은 이 요리하는 여인에게서 체 게바라와 같은 혁명
가를 보는 것인데, 그녀가 행하고자 하는 혁명은 "오색상처
의 맛"으로 이루어진 "맛의 새로운 가문을 세우"는 일이다.
반면 남자들의 세계에서 사람들은 "오색상처의 맛에 대하
여" 입을 다물고 있다. 그녀의 혁명이란 맛(예술)에 대해 입
을 다무는 세계를 전복하여 맛의 예술로 구축하는 도시, 즉
여성적인 시로 이루어진 도시를 세우는 일이다. 그녀는 바
로 '무지개 문명'을 세우는 혁명을 꿈꾸고 있는 것이다. 그
녀는 "영원한 승리의 그날까지"(Hasta la victoria siempre—
체 게바라가 카스트로에게 쓴 편지의 맺음말이었다) 혁명가 체
와 더불어 살면서— 체의 일기장에 그녀의 하루를 기록하
면서— 요리를 하며 "혁명의 불멸성을 증명"할 것이다.
'무지개 문명'을 꿈꾸고 그 시적인 문명의 현실화를 기대
하는 시인은 이렇게 어느 요리하는 여인으로부터 그 현실
화의 혁명을 이룰 단초를 포착한다. 더 나아가 시인은 아래

177

의 시에서 어떤 도시의 노숙자들로부터 시와 예술을 발견
하기도 한다.

길을 버리고 나서야 길 위에 섰다
꿈에서 깰까 머리를 땅에 묻었을 뿐인데
동전 하나가 떨어졌을 것이다
활짝 웃으며 양 볼 통통하게 이글거리는
'운 뻬소' 짜리 태양의 추락
누에베 데 홀리오 노숙자들은 모자 속에 코끼리를 키운다

타고 오를 담쟁이 넝쿨도 없는
구겨진 자존과 일그러진 평화가 때론 낮달을 불러낸다
넥타이로 옭아맨 시간과 노동을 파는 대신
헐렁하고 누더기 진 큰 주머니 속에 길 잃은 새소리를 담
는다
거친 야생의 자유를 은유한다

떠나야 길이 된다
태양이 뚝뚝 떨어지는 예술의 도시
누군가 화구를 들고 어깨를 툭툭 친다면
기꺼이 화폭 속에 들어가 〈게르니카〉의 숨은 그림이 된다
한들,

젖은 눈을 따라오는 낮달의 침묵

노숙자들의 낡은 구두 속에는 낙타가 살고 있다

길 중의 길은 사람들 안에 있다는 듯

사람이 지구의 뇌였다는 듯

마음이 해탈의 문고리였다는 듯

도시의 정물이 되었다는 듯

길을 향해 길 위에 누워 있는 당신

겹겹이 포장된 선물상자들처럼 사람들은 아름답다

　　　　　　　　　　　　　—「예술의 도시」 전문

　'누에베 데 훌리오'는 부에노스아이레스의 양쪽 20차선 도로로, 세계에서 가장 넓은 도로라고 한다. 이 도로 한쪽에는 "모자 속에 코끼리를 키"우는 노숙자들이 거주하는데, 사람들이 "꿈에서 깰까 머리를 땅에 묻었을 뿐인" 이들에게 '운 뻬소'(1 뻬소) 동전을 떨어뜨리곤 하는 모양이다. 시인은 이를 "태양의 추락"이라고 표현한다. 저 "동전 하나가 떨어"지는 장면은 "구겨진 자존과 일그러진 평화"를 상징하기 때문일 것이다. 사람들이 노숙자들을 걸인으로 취급하고 동정을 베풀면서 그들의 자존은 구겨지고 한편으로 빈부격차의 사회는 일그러진 채 유지되는 것이다. 그러나 시인은 "넥타이로 옭아맨 시간과 노동을 파는" 사람들과는 달리, 노숙자들에게서 "길 잃은 새소리"를 듣고 "거친 야생의 자유"에 대한 은유를 읽는다. "길을 향해 길 위에 누워 있는 당신"은 "길을 버리고 나서야 길 위에" 설 수 있다는 진실을 드러내는 성자라는 것이다.

그래서 시인에게 '당신'은 불쌍하게 도로에 누워만 있는 존재가 아니다. 당신은 "도시의 정물"처럼 누워 있지만, 당신의 "낡은 구두 속에는 낙타가 살고 있"음을 시인은 투시한다. 그들은 움직이지 않고 있지만, 사실은 낙타를 타고 도시라는 사막을 건너가고 있는 중인 것이다. 그리하여 노숙자들은 시인으로 하여금 "사람이 지구의 뇌"이며 "길 중의 길은 사람들 안에 있다는" 것을 깨닫게 해준다. 태양이 추락한 도시에서 그들은 "낮달을 불러"내는 존재이며, 새소리와 같은 야생의 시이다. 이들이 존재함으로써 도시는 예술의 도시가 된다. 시인은 노동의 시간으로부터 자유로운 이들로부터 현재의 도시문명이 시적인 예술의 도시— '무지개 문명' —로 바뀔 수 있는 잠재성을 보고 있는 것일지 모른다. 물론 시인은 노숙자들로부터만 그러한 가능성을 보는 것은 아니다. 앞에서 보았듯이, 그는 밀가루를 반죽하는 여자로부터도 혁명의 가능성을 인식하고 있으며, 「뻬아또날」(뻬아또날이란 차 없는 거리 공원을 의미한다)에서는 야시장의 연극에서 "더 많은 역할을 맡기 위해 배역을

맡는" 떠돌이 배우들로부터도 "펄럭이는 깃발처럼 일어"서
는 몸을 발견하고 있다.

하여, 조미희 시인은 '무지개 문명의 건설'이라는 꿈을
현실화하기 위해, 세계와 삶에 내재되어 있는 시 — 잠재
성 — 를 부지런히 길어 올리고 있는 것이라고도 말할 수 있
겠다. 이에 따른다면, 시인이란 존재는 "걸어서 길이 된 시
간으로 행간을 만들"(「시인에게」)면서 조금씩이나마 현재의
문명을 무지개 문명으로 전화시키는, 문명사적으로 중요한
일을 하는 사람이다. 그래서 조미희 시인은 「시인에게」와
같은 헌정시를 남기고 있는 것일 게다. 물론 이 시에 묘사
되고 있는 시인은 조미희 시인이 마음에 품고 따르고자 하
는 '시인의 이데아'이기도 할 것이다. 조미희 시인의 미래
를 기대하는 마음으로 이 시를 다시 읽으면서, 글을 마치고
자 한다.

  시인은
  가장 아름다운 말은 깊이 숨겨둔다
  빛나고 눈부신 말은 너무나 치명적이기 때문이다
  시인은
  가시 발라낸 장미의 여린 살을 어루만져
  말의 정수리에 화관을 씌운다
  걸어서 길이 된 시간으로 행간을 만들고

불멸의 비상으로 스스로를 불사르는

피할 수 없는 화인火印을

홀로 감내하기를 기꺼이 한다

시인은

말을 깎아 우주의 빗장을 푼다

존재케 하는 존재와

존재하지 않는 존재를 동시에 살아간다

시인은

마지막 한마디를 남기지 못해 죽어서도 이름을 묻지 못한다

죽어서도 산 자에게 영혼을 빌려준다

시인은

지상에서 가장 아름다운 말의 도둑이며

가장 혹독한 계절이며

스스로를 찔러 다시 사는 사시사철 눈부신 가시나무다

—「시인에게」 전문

조미희 시집

체 게바라와 브라우니

초판 1쇄 인쇄 2014년 5월 2일
초판 1쇄 발행 2014년 5월 9일

지은이 | 조미희
발행인 | 강봉자 · 김은경
펴낸곳 | (주)문학수첩

주소 | 경기도 파주시 회동길 192(문발동 513-10) 출판문화단지
전화 | 031-955-4445(마케팅부), 031-955-4500(편집부)
팩스 | 031-955-4455
등록 | 1991년 11월 27일 제16-482호

http://www.moonhak.co.kr
e-mail:moonhak@moonhak.co.kr

ISBN 978-89-8392-518-3   03810